Vogelschlag

Für Bärbel

Ein Vogelschlag ist der Zusammenstoß eines Vogels oder mehrerer Vögel mit einem Flugzeug in der Luft, wobei, bedingt durch die hohe Geschwindigkeit des Flugzeuges, die hervorgerufenen Beschädigungen so schwerwiegend sein können, dass das Flugzeug abstürzt oder zur Notlandung gezwungen ist.

Dieter Bartholomes

Vogelschlag

Kriminalroman

Bibliografische Information der Deutschen Nationalbibliothek
Die Deutsche Nationalbibliothek verzeichnet diese Publikation
in der Deutschen Nationalbibliografie; detaillierte bibliografische
Daten sind im Internet über http://dnb.d-nb.de abrufbar.

© 2009 Dieter Bartholomes
Umschlagdesign, Satz, Herstellung und Verlag:
Books on Demand GmbH, Norderstedt
ISBN 978-3-8391-5482-3

Grußwort

Die Zeit zwischen Leben und Tod ist selbst im Frieden zu kurz, um sie mit ablenkenden Gedanken zu füllen.

Man muss vertrauen können, sich und Anderen. Wenn dieses Vertrauen gefährdet ist, wird es gefährlich.

Wir sind Offiziere, die aufrichtig und ehrlich die Dinge beim Namen nennen, weil wir nicht nur in der Lage dazu sind, sondern den festen Willen dazu haben, auch und gerade in schwierigen Situationen.

Wir halten die Nutzung unserer Erfahrungen aus der Vergangenheit für überlebenswichtig, bei unserem fordernden Beruf und im Leben unserer Gemeinschaft.

Unser Dienen macht uns stolz, unser Dienen, nicht um der Karriere willen, sondern zur bestmöglichen Erfüllung unseres Auftrages.

Unsere Stärke liegt in unserer Gemeinschaft, dem Verband der Besatzungen stahlgetriebener Kampfflugzeuge e. V.

Der Autor dieses Romanes ist einer von uns!

Herzlichen Dank für die gelungene Schilderung eines bewegenden Teiles der Vorgeschichte, die zur Gründung unseres Verbandes geführt hat.

Thomas Wassmann
Bundesvorsitzender VBsK e. V.
Präsident des Forums militärischer Luftfahrt

Jörg Wienpahl
Ehrenvorsitzender VBsK e. V.

Für die großzügige Unterstützung bei der Herausgabe meines Romanes ‚Vogel-schlag' bedanke ich mich von Herzen bei Thomas Wassmann, Jörg Wienpahl und den Gemeinschaften der Besatzungsangehörigen strahlgetriebener Kampf-flugzeuge.

Dieter Bartholomes

Ein ganz besonderer Dank gilt meinem Lektor und langjährigen Freund, ohne dessen überaus kompetente Hilfe dieser Roman keiner geworden wäre, danke Diethelm!

Dieter

1

Über uns waren Wolken, die Luft war relativ ruhig bei einer steifen Brise und die Bodensicht war gut.

Wir befanden uns mit unseren beiden einsitzigen F 84-F-Jagdbombern im Anflug auf den Flugplatz Nordholz in der Nähe von Cuxhaven.

42 Minuten zuvor waren wir von unserem Heimatflugplatz Husum aus gestartet, hatten einen Tiefflug über Norddeutschland hinter uns und sollten in Nordholz zwischenlanden. Bei laufenden Triebwerken sollten unsere Jagdbomber simuliert mit Bomben beladen werden, danach sollten wir sofort wieder starten, um einen zweiten Tiefflug durchzuführen, und danach wieder in Husum landen.

Ich hing in engem Formationsflug an der rechten Tragfläche meiner Nr. 1. Mehrere Male kurz in mein Cockpit schauend, überzeugte ich mich davon, dass alles O. K. war.

Ich hörte, wie meine Nr. 1 sich über Funk beim Kontrollturm Nordholz meldete und um Landeerlaubnis für uns beide bat, die prompt erteilt wurde. Wir bestätigten beide nacheinander, dass wir unsere Landeerlaubnis empfangen hatten, und im selben Augenblick brach meine Nr. 1 scharf nach links, um mit einer 180-Grad-Linkskurve den Landeanflug zu beginnen. Vier Sekunden später zog ich meine Maschine ebenfalls in eine Linkskurve, um meiner Nr. 1 in entsprechendem Abstand zu folgen.

Die Bremsklappen hatte ich gleich zu Beginn der Kurve ausgefahren, ebenso den Leistungshebel des Triebwerkes zurückgezogen. Nun fuhr ich die Landeklappen aus, und als meine Fluggeschwindigkeit niedrig genug war, betätigte ich den Hebel zum Ausfahren des Fahrwerkes.

Ich flog kurz auf Gegenkurs zur Landebahn, um den erforderlichen Abstand zu meiner Nr. 1 halten zu können. Das Fahrwerk war ausgefahren und verriegelt. Ich meldete dies dem Kontrollturm und bat nochmals um Bestätigung der Landeerlaubnis. Gleichzeitig leitete ich eine erneute Linkskurve ein und begann meinen Sinkflug zur Landung. Der Abstand zu meiner Nr. 1 war ausreichend.

Da wir auftragsbedingt noch erheblich mehr Treibstoff an Bord hatten als sonst üblich, lag unsere Anfluggeschwindigkeit bei 360 km/h.

Der Seitenwind auf der Innenseite der Kurve hatte mich von der Endanfluggeraden etwas nach rechts versetzt. Ich machte rasch und energisch eine Korrektur und war auch schon über dem Landebahnanfang. Ich zog den Leistungshebel für das Triebwerk ganz zurück, nahm die Flugzeugnase leicht nach oben und setzte auch schon auf.

Nach kurzer Rollstrecke wurde der Reifen meines linken Hauptfahrwerkes zerfetzt.

Meine Geschwindigkeit zu diesem Zeitpunkt betrug 280 km/h.

Das Flugzeug zog stark nach links, hin zum Startbahnrand. Da ich wegen des starken Seitenwindes den Bremsschirm nicht benutzen konnte, bremste ich auch den Reifen des rechten Hauptfahrwerkes durch.

Ich konnte die Maschine nun zwar auf der Landebahn halten, die Bremswirkung der beiden Hauptfahrwerksräder war jedoch sehr gering und das Ende der Landebahn kam beängstigend schnell auf mich zu.

Mein Atem ging viel zu rasch und stoßweise, unwillkürlich brach Schweiß aus allen Poren.

Ich blockierte beide Felgen.

Das Kreischen des schabenden Metalls auf dem Landebahnbelag war grässlich.

Ich driftete, leicht schiebend, auf das rechte Landebahnende zu, auf dem eine der beiden schweren Ketten für die Hakenfanganlage ausgelegt war.

Das rechte Hauptfahrwerk passierte haarscharf das Ende der Kette.

Dann knallte das Bugfahrwerk gegen die Kette, wurde nach hinten abgeknickt, die Flugzeugnase schlug auf die Landebahn, die beiden Unterflügeltanks wurden völlig zerstört.

Gleichzeitig drehte sich das Flugzeug nach links, das linke Hauptfahrwerk wurde krachend über die Kette gezogen und bis unter die Tragfläche nach außen gebogen.

Die etwa 1000 Liter Treibstoff, die sich noch in den beiden Außentanks befunden hatten, wurden durch die glühenden Felgen des Hauptfahrwerkes entzündet.

Das Wrack kam zum Stillstand, es war urplötzlich still und ich saß in einem riesigen Feuerball.

Im Cockpit war es sofort glühend heiß.

Das Triebwerk hatte ich instinktiv längst ausgeschaltet.

Blitzschnell schaltete ich meinen Sauerstoff auf 100 %, schloss mein Helmvisier und duckte mich, so weit es ging, nach unten. Der Schweiß brannte in meinen Augen, ich keuchte nach Luft, wollte schreien, brachte aber nur ein klägliches Wimmern heraus.

So schnell es eben ging, schnallte ich mich von meinem Schleudersitz und dem Sitzfallschirm los, um aussteigen zu können.

Es war entsetzlich heiß.

Ich zog meine Beine an, um aufstehen zu können, löste den Schlauch von meiner Sauerstoffmaske, öffnete unter großer Anstrengung das Kabinendach und verließ nach links das Flugzeugwrack, hinein ins Feuer, das nun auch ins Cockpit schlug.

Taumelnd kam ich zu Boden, umgeben von Flammen, stolperte einfach los, kam aus dem Feuer, lief noch eine kurze Wegstrecke, nur fort von dem Inferno.

Dann blieb ich erschöpft stehen, riss meine Sauerstoffmaske und meinen Helm herunter, schaute an mir hinab. Lediglich einige kleine Brandstellen waren an meinem Druckanzug zu sehen.

Ich holte tief Luft ...

Schweißgebadet wachte ich auf, am unteren Ende meines Bettes kauernd, voller Panik und Entsetzen.

Der Unfall lag nun zwölf Jahre zurück.

Diesen Traum würde ich während der Nächte meines Lebens immer wieder träumen müssen, ich hatte damit zu leben, zu schlafen gelernt.

Nachher, wenn die Nacht vorüber war, würde ein neuer Tag beginnen. Es würde ein Dienstag sein, Dienstag, der 23. 03. 1976.

Plötzlich und unerwartet.
(Dienstag, den 23. 03. 76, X +/– 0)

Noch verlassen und eintönig grau lag der Parkplatz da. Seine hintere Begrenzung, einige Hecken und Büsche, war noch winterlich kahl, der Rasen noch matt grünbraun und nass. Auf der anderen Seite dieser Begrenzung lag das Gebäude der Fernmeldezentrale der Kasernenanlage in Stadum Leck, Nordfriesland.

Major Seydel hatte auf dem ersten Parkplatz neben dem für den Kommandeur der Fliegenden Gruppe reservierten geparkt. Nachdem er seinen PKW verschlossen hatte, wandte er sich dem Eingang des Stabsgebäudes auf der anderen Straßenseite zu, in dem er als Navigationslehrstabsoffizier der Fliegenden Gruppe des Aufklärungsgeschwaders 500 Dienst tat. Über eine breite Treppe gelangte er in den ersten Stock, in dem sich sein Büro befand. Es war 07:15 Uhr. Das Geschäftszimmer war schon ab 07:00 Uhr besetzt, damit die Schlüsselausgabe für die einzelnen Büros rechtzeitig sichergestellt war.

»Guten Morgen, Herr Major!«, begrüßte ihn der diensthabende Geschäftszimmergefreite.

»Guten Morgen, Herr Hansen, gibt's etwas Besonderes?«, fragte Seydel.

»Nein, Herr Major, alles noch totenstill. Sie sind, wie immer, der Erste«, erwiderte Hansen grinsend. Der Dienst begann um 07:30 Uhr.

Mit seinem Schlüssel klimpernd schritt Seydel den langen Flur entlang, bis zur Tür zu seinem Büro, öffnete diese und betrat einen im strengen Kasernen-Look gehaltenen Büroraum. Er hängte seine Uniformjacke auf und setzte sich an seinen Schreibtisch.

Im Mai würde er 37 und in drei Jahren würde er als sogenannter BO-40 nach 20 Jahren Flugdienst in den Ruhestand versetzt.

BO-40 war eine Laufbahn für Piloten strahlgetriebener Kampfflugzeuge mit der besonderen Altersgrenze von 40 Jahren. In aller Regel hatten die Piloten dann 19 Jahre Flugdienst hinter sich, ihre Gesundheit und ihre Nerven verschlissen und es war nach Auffassung des Dienstherrn an der Zeit, sich ihrer zu entledigen. Sie wurden mit Ruhegehaltsbezügen von 55 % ihres letzten Gehaltes in den »notwendigen« Frühruhestand versetzt.

Diese Laufbahn wurde auch »Zitronen-Laufbahn« genannt, ausquetschen und wegwerfen.

Was sonst sollte man auch mit abgeflogenen, für ihren harten Job untauglich gewordenen Typen anfangen, die in diesem Zustand für eine weitere Verwendung bei der Luftwaffe nach Auffassung der maßgeblichen, nichtfliegenden Schreibtischtäter denkbar ungeeignet waren. Schließlich wollte man die Wege nach oben nicht mit »Fliegern« blockieren, eigene Karrieremöglichkeiten nicht verschließen. Sollten sie sich doch draußen etwas suchen!

Im Oktober 1959 war Seydel als Offiziersanwärter zur Luftwaffe gekommen. 1961 wurde er als Fähnrich in die USA versetzt, um die Ausbildung zum Jagdbomberpiloten zu absolvieren. Ab September 62 durchlief er als Leutnant und Flugzeugführer auf der Marine Corps Air Station Yuma, Arizona, die Waffenschule für den Jagdbombertyp F 84 F und ging nach bestandenem Lehrgang zu Weihnachten 1962 zurück nach Deutschland.

Nach ereignis- und arbeitsreichen Jahren als Pilot, auch in vielen Zweitfunktionen, wurde Seydel als Major auf eigenen Wunsch als Kampfbeobachter zum Aufklärungsgeschwader 500 nach Leck versetzt, um dort seine Restdienstzeit abzudienen. Er wollte in Schleswig-Holstein bleiben, seine Frau war Lehrerin. Die Personalführung der Luftwaffe hätte ihn lieber als Piloten in Süddeutschland eingesetzt. Seydel gelang es jedoch, in Schleswig-Holstein zu bleiben, wenn auch nur als Kampfbeobachter für die RF-4E Phantom in Leck. Sein dortiger Verbleib bis zu seinem Dienstzeitende war ihm schriftlich zugesichert worden.

An meinem Bürofenster schlug sich feiner Nieselregen nieder, es ging eine steife Brise, Sauwetter, typisch für die Jahreszeit, typisch für die Westküste Nordfrieslands, nasskalt.

Ich bearbeitete gerade den Antrag zweier Besatzungen für einen Langstreckennavigationsflug nach Süditalien, was mir das Wetter hier noch unfreundlicher erscheinen ließ. Da ich mich für 13:30 Uhr für einen Tiefflug im Rahmen einer NATO-Übung hatte eintragen lassen, musste ich mich beeilen. Nachdem ich meine Arbeit beendet hatte, verließ ich mein Büro und ging den langen Flur unseres Stabsgebäudes entlang zum Büro meines Gruppenkommandeurs, um mich zum Fliegen abzumelden.

Am Ende des Flures kam mir Fräulein Jansen entgegen, die Vorzimmerdame unseres Kommandeurs. Ihr Gesicht war bleich und sie flüsterte mit gebrochener Stimme: »Bronco ist tot, er hatte einen Flugunfall.« Sie meinte Major Langermann, Bronco war sein Code-Name.

Ich sah sie entgeistert an, Bronco tot?

Er war es, der im November 1973 die Idee, für eine seit langem überfällige Erhöhung unserer Fliegerzulage selbst zu kämpfen, von einem Briefing aus Husum mitgebracht hatte, und er war es, der bereit gewesen war, sich persönlich in dieser Sache zu engagieren.

Mein Staffelkapitän, mit dem ich sehr eng befreundet war, beauftragte mich damals, die Substanz der Idee zu analysieren und dafür zu sorgen, dass alle etwaigen weiteren Aktivitäten Broncos, soweit sie den dienstlichen Bereich betrafen, dienstrechtlich einwandfrei abgewickelt würden.

In den Jahren zuvor hatte sich in stark zunehmendem Maße Unzufriedenheit breitgemacht unter den 1200 Piloten der strahlgetriebenen Kampfflugzeuge. Sie fühlten sich alleingelassen und vernachlässigt. Während die Anforderungen an sie erheblich gestiegen waren, blieben sie beförderungsmäßig und auch finanziell hinter anderen Berufsgruppen stark zurück. Alles, was der Verteidigungsminister für sie übrig hatte, war der kernige Spruch, Dienen sei besser als Verdienen. Mit solch geballter Dummheit konnten und wollten sie sich jedoch nicht zufriedengeben.

Von ihren nicht selten parteipolitisch agierenden, karriereorientierten Führungsoffizieren war keine Unterstützung zu erwarten. Selbsthilfe schien der einzige Ausweg zu sein.

Nur schwerwiegende Pflichtversäumnisse können Offiziere veranlassen, als letztes legales Mittel zur Lösung von Problemen aus dem rigiden Befehl- und Gehorsam-Bereich von Streitkräften heraus den Weg in die Öffentlichkeit zu wagen, und Langermann (Bronco) war fest entschlossen, genau das zu tun. Seydel (Maverick) setzte sich mit ihm lange auseinander, aus vagen Vorstellungen wurden Ideen, aus diesen Konzepte. Mögliches wurde genauer untersucht, Unmögliches verworfen. Schließlich boten sich der Petitionsweg und der Rechtsweg an. Das Grundgesetz und das Soldatengesetz ermöglichten beides.

Weitere Hilfe würde allerdings unumgänglich sein. Die Majore Martin (Sunshine) und Heinermann (Devil) erklärten sich bereit mitzumachen.

Die Bestrebungen der vier liefen dann offiziell unter der Bezeichnung »Aktion Fliegerzulage«. Sprecher und Petent wurde Langermann.

Es konnte jedoch nicht das Anliegen dieser Aktion sein, lediglich eine Bestätigung der Anwendbarkeit des Mittels der Petition für Soldaten zu erbringen. Vielmehr galt es, die aufgezeigten Probleme auch zu lösen. Zeitlich sollten alle Schritte die optimale Ausschöpfung eigener Mittel ermöglichen, ohne Spielraum für Verzögerungspraktiken zu bieten.

Zum Erhalt der eigenen Bewegungsfreiheit war nach Ansicht der vier eine feste Ein- oder gar Unterordnung bei großen Interessenvertretungen nicht möglich. Stattdessen wurde die Einschaltung der Öffentlichkeit in Betracht gezogen. Die hierfür erforderliche Unterstützung der Aktion durch eine breite Mehrheit der Piloten war sichergestellt.

Die endgültige Entscheidung fiel zugunsten eines Drei-Phasen-Planes, der folgendermaßen konzipiert war:

> *Phase 1:*
> Eingaben an Politiker unter Berufung auf Artikel 17 GG, Phasendauer: 1 Jahr
> Bei Erfolglosigkeit
> *Phase 2:*
> Vorlage von Petitionen nach Artikel 17 GG beim Petitionsausschuss des Deutschen Bundestages unter gleichzeitiger Präsentation dieser Phase durch Medien. Phasendauer: 1 Jahr
> Bei Erfolglosigkeit
> *Phase 3:*
> Beschreitung des formalen Rechtsweges.

Wir vier hatten also feste Vorstellungen von dem, was wir erreichen wollten. Wir hatten jedoch zum Erreichen unserer Ziele kein starres System zweifelsfreier Erkenntnisse. Vielmehr setzten wir auf ein sich dynamisch entwickelndes System von Ideen.

Zudem hatten wir Mut, Selbstdisziplin, Entschlossenheit, Opferbereitschaft und den festen Willen zur Tat.

Von nichts waren wir weiter entfernt als von dem Gefühl der Sicherheit, dass uns Erfolg beschieden sein würde, schließlich würde jeder unserer Schritte auf Neuland führen. Die »Bild am Sonntag« hatte ja so recht, als sie titelte: »Das hat es in der deutschen Militärgeschichte noch nicht gegeben!«

Was sich bereits bei den ersten Analysen zu unserem Vorhaben auftat, war eine schier unbegrenzbare Grauzone zwischen dem Rechtsanspruch unseres Grundgesetzes und dem, was an Anspruchsdenken en bloc im militärischen Bereich festgefügt und unverrückbar vorhanden schien.

Wir waren es gewohnt, räumlich orientiert zu agieren und zu reagieren, und ich nahm mir fest vor, diese Grauzone offensiv und defensiv voll zu nutzen für unseren Erfolg und unseren Schutz.

Was uns auch helfen würde, war die Tatsache, dass das Verhalten und Fehlverhalten von Aufsteigern und Aufgestiegenen, sowohl im militärischen Bereich als auch innerhalb der verteidigungsministeriellen Leitung, zum ersten Mal in Konkurrenz stehen wurde zum durch uns so spezifisch angewendeten Grundgesetz, Neuland also auch für die Militärhierarchie.

Und nun, nach zweijährigem zähen Ringen, nach enormen Anstrengungen, unser Anliegen voranzubringen, Bronco tot.

Bronco und ich hatten bis zum Beginn unserer gemeinsamen Aktion kaum Berührungspunkte gehabt. Dann jedoch arbeiteten wir eng zusammen, wuchsen in die gestellte Aufgabe, wuchsen mit ihr, an ihr, durch alle Misserfolge, Teilerfolge, und jetzt, mittendrin, Bronco tot!

Bronco; gestern Abend war er noch bei uns zu Hause, zum Abendessen, gemeinsam mit Sunshine und Sofie, dessen Frau.

Bronco war Junggeselle, vielleicht einen Touch eigen, zurückhaltend, trotzdem offen. Standfest, mit einem hohen Maß an Ausdauer, im Ringen um Erfolge zäh, unnachgiebig. Er verlangte einem vieles ab, bevor er überzeugt war. Seine Haltung als Flugzeugführer, Stabsoffizier und auch als offizieller Petent unserer Aktion war vorbildlich. Bronco tot!

Ich riss meine Gedanken los. Innerhalb weniger Sekunden war ich konzentriert, angespannt. Das uns eigene Immunsystem gegen Gefühle, das bei der Fliegerei nicht selten über Leben oder Tod entschied, sprach auch in solchen Situationen an. Das stille Weinen in langen, schlaflosen Nächten würde später kommen, wann immer es unsere Zeit erlauben würde. Wir wussten das, hatten damit zu leben gelernt, es war Teil unseres Berufes.

Jetzt musste ich verzugsarm, präzise und fehlerlos Notwendiges analysieren, Entscheidungen treffen und diese verwirklichen, ohne negative Fremdeinflüsse zuzulassen, und in der Fähigkeit, genau dies zu tun, lag unsere Stärke.

Stets wurden wir, die Leistungsträger, mit der Durchführung komplexer Aufträge betraut, wir flogen in allen Situationen, wir waren die Fluglehrer, Testpiloten, Flugunfalluntersuchungsoffiziere. Wir gewannen NATO-Wettbewerbe, wir leiteten

Übungen, national und international. Wir waren stets und umfassend auf dem neuesten Stand, wir kannten einander und arbeiteten luftwaffenweit zusammen und nicht, der eigenen Karriere wegen, gegeneinander.

Ich verlor mich im Grübeln …

Anders als in der freien Wirtschaft, wo schwarze Zahlen geschrieben werden mussten, wo Aufstieg unmittelbar auch zu tun hatte mit Leistung, mit eigener, messbarer Leistung, hatte sich, zumindest bei der Luftwaffe, eine zusätzliche Laufbahn entwickelt, die ausschließlich karriereorientiert war.

Als Spätfolge des Zweiten Weltkrieges, mit seinen enormen Personalverlusten, standen für die junge Luftwaffe kaum geeignete, gewachsene Führungskräfte zur Verfügung.

Die Regeneration war genauso simpel wie gefährlich. Ob Einsteiger über das minimale Demokratieverständnis für das Bürgertum unserer jungen Demokratie hinaus geeignet sein würden, Streitkräfte im Sinne der »Inneren Führung« verantwortungsbewusst zu führen, wurde nicht geprüft. Viele lebten, auf alter Basis stehend, noch in der Tradition der geschlagenen Wehrmacht und wussten sich bei vielen alten Kameraden in guter Gesellschaft. Nicht selten war pures »Zur-Stelle-Sein« ausschlaggebend für Beförderung und Aufstieg.

Sich an Macht zu gewöhnen ist einfach. Unendlich viel schwerer ist es, Verantwortung zu übernehmen und zu tragen für etwas, was man in seiner Komplexität nicht versteht, weshalb man auch nicht beurteilen kann, was richtig und was falsch ist. Hilfe kam von den jungen Offizieren, die rasch nach oben wollten. Sie waren gut und modern ausgebildet und bereit, Führungsfehler abzufedern, Führungsschwäche Vorgesetzter nicht erkennbar werden zu lassen und gemeinsam mit diesen Karriere zu machen.

Die »Karrierelaufbahn« war geboren. Und die nach Macht und Aufstieg Strebenden erschöpfen sich bis heute in hoher, nach oben gerichteter Mobilität, gepaart mit mittlerweile unerträglicher, taktischer Arroganz, sich, absolut insular immer wiederkehrend, nachahmend.

Was treibt Menschen eigentlich an die Macht?

Es ist nicht das Gefühl vorheriger Ohnmacht, vielmehr scheint es Scheu vor Verantwortung zu sein oder die Flucht aus der Verantwortung.

Macht ist eine endliche Größe, und kämpft man um sie, muss man sie ganz persönlich einem anderen wegnehmen. Und alles, wirklich alles, was erst einmal Mächtige dann tun, dient ausschließlich dem Erhalt ihrer Macht.

Ich weiß, das klingt bitter. Aber es entspricht meinen Erfahrungen.

Ich eilte zurück in mein Büro, verschloss die Tür von innen, rief unverzüglich den Gefechtsstand der 502. Staffel an und ließ mir Wulfskin an das Telefon holen.

Glücklicherweise kam er sofort. Er wusste schon von Broncos Tod, jedoch keine Einzelheiten. Ich bat ihn, so schnell wie möglich zu Broncos Schrank zu gehen, um nachzuschauen, ob dieser abgeschlossen sei. Er versprach, umgehend zurückzurufen.

Dann rief ich Bärbel zu Hause an.

Wir waren seit 1963 verheiratet. Ich war damals 24, Leutnant und Flugzeugführer. Sie war 21, Lehrerin, mit abgeschlossenem Staatsexamen. Wir kannten weder uns noch einander, weder das Leben noch das Zusammenleben. Meine Liebe zu ihr war die für die Unendlichkeit plus einen Tag, ließ uns zusammenhalten in stürmischen Gewässern, durch alle Höhen und Tiefen aller Alltage.

Bärbel war groß und schlank, verführerisch zart, wirkte zerbrechlich, war jedoch biegsam. Unbeugsam im Willen, focht sie selbstsicher mit scharfer Klinge effektiv und erfolgreich Wortgefechte. Sie konnte aber auch erschreckend schweigsam sein. Es fiel ihr nicht schwer, den Eindruck zu erwecken, als sei sie ein Wesen von einem anderen Planeten.

Ihre Liebe war warm, weich, für mich unerwartet und unverständlich eigen, unergründlich tief.

Wir hatten zwei Kinder. Karen (11) und Rolf (8).

Die Art, wie ich am Telefon nichts sagte, verriet ihr alles.

Mit leiser Stimme fragte sie: »Wer?«

Ich sagte lediglich: »Bronco. Sein Gib [Guy in the Backseat] hat überlebt.«

Ich würgte den Kloß in meinem Hals hinunter, ich wusste, Bärbel weinte still. Ich sagte leise und behutsam: »Ich komme nachher früher nach Hause, ich werde versuchen den heutigen Nacht-O. v. G.-Dienst zu übernehmen, um von hier aus alles schnell und umfassend regeln zu können, bis bald …« Ich wartete, bis sie aufgelegt hatte, dann legte auch ich auf.

Als Nächstes sagte ich im Gefechtsstand der 501. Staffel meinen Flug ab.

Beim Geschwaderstab rief ich den für die Einteilung der Sonderdienste zuständigen Stabsfeldwebel an und bat diesen, mich im Tausch für die kommende Nacht als O. v. G. einzutragen, es sei mir sehr daran gelegen, Probleme seien doch wohl nicht zu erwarten? »Kein Problem, Herr Major. Ich werde alles Notwendige veranlassen.« (O. v. G. ist die Abkürzung für »Offizier vom Geschwadergefechtsstandsdienst«. Dieser leitet zentral den Geschwaderflugbetrieb beider Staffeln. Um eine lückenlose Alarmbereitschaft des Geschwaders sicherzustellen, muss der Geschwadergefechtsstand, auch nachts und an den Wochenenden, durch erfahrene Offiziere des fliegenden Personals geführt werden. Diese Offiziere sind dann jeweils Nacht-O. v. G. bzw. Wochenend-O. v. G.).

Von der Fliegerhorstvermittlung ließ ich mir dann eine Postleitung auf meinen Apparat schalten und rief Sunshine zu Hause an. Sofie war am Telefon. Sunshine war zu der Zeit gerade zum Heer abkommandiert, als Luftwaffenverbindungsoffizier. Ich informierte Sofie über Broncos Tod und bat sie, Sunshine auszurichten, er solle mich abends oder auch nachts im Geschwadergefechtsstand zurückrufen, ich hätte Nacht-O. v. G.

Devil war selbst am Telefon, als ich bei ihm zu Hause anrief. Als ich ihm mitteilte, Bronco sei tot, kam sekundenlang nur das Geräusch seines Atmens aus dem Hörer. Dann fragte er mit hohler Stimme: »Wie?«

Ich sagte ihm, ich wisse selbst noch keine Einzelheiten und er solle mich später zurückrufen, ich sei Nacht-O. v. G. Sicher wüsste ich dann auch schon mehr.

Devil war der Älteste von uns, nächste Woche würde er, vierzigjährig, in den Ruhestand versetzt. Er war Vollblutpilot, er war es gerne und er machte auch keinen Hehl daraus. Er gab sich draufgängerisch. Nur wenige wussten, welch warmherziger, weicher Kern sich unter seiner von ihm mit so viel Bedacht und gestalterischer Kraft zur Schau getragenen harten Schale verbarg. Devil kannte die Luftwaffe, und die Luftwaffe kannte Devil. Er bedurfte keines Denkmals, er war eines.

Endlich kam ich dazu, Wulfskin nochmals anzurufen. Als ich den Anschluss des Gefechtsstandes der 502. Staffel anrief, war Wulfskin selbst am Apparat. Er hatte schon mehrfach versucht, mich zurückzurufen. Er war so erregt, dass ich Mühe hatte, seinen Worten zu folgen. Die Tür von Broncos Schrank war geöffnet, ein Schlüssel war nicht im Schloss und außer Bekleidung und Schuhen sei nichts da gewesen. Ich fragte ihn, ob die olivgrüne Helmtasche, die Bronco immer bei sich hatte, nicht noch irgendwo dazwischen sein könne. »Nein, ausgeschlossen«, sagte er bestimmt.

Broncos Tasche mit all seinen wichtigsten Unterlagen, unsere Aktion betreffend, war also nicht da!

Beim Briefing hatte er sie noch bei sich gehabt, und er hatte die Unterlagen, die ich für ihn mitgebracht hatte, darin untergebracht. Auch sein Tagebuch mit seinem Terminplaner und den Adressen von all unseren Ansprechpartnern in der Politik und bei den Medien war darin. Ich wusste es deshalb so genau, weil er mir zwei Termine mitgeteilt hatte, die er in den nächsten Tagen wahrnehmen musste.

Wulfskin hatte sich sofort bei seinem Staffelkapitän gemeldet und ihn von der geöffneten Tür an Broncos Spind unterrichtet. Dieser wollte sich umgehend darum kümmern.

Zum Fliegen konnte Bronco seine Tasche nicht mitgenommen haben, sie war zu groß. In seinem PKW konnte sie auch nicht sein, denn nach dem Briefing, bei dem er sie ja noch bei sich gehabt hatte, war er mit dem Shuttle-Bus zur Staffel gefahren.

Ich bedankte mich bei Wulfskin und bat ihn, auch weiterhin Augen und Ohren offen zu halten.

Broncos Spind war also geöffnet worden, seine Tasche war verschwunden!

Zunächst war ich wie betäubt.

Dann wollte ich fluchen, was jedoch unterblieb. Mein Wortschatz enthielt keine Ausdrücke, nicht einmal in Englisch, die auch nur annähernd das hätten widerspiegeln können, was ich empfand. Sollte etwa ein Offizier, der auch flog, andere hatten ja gar keinen Zutritt zu den Räumen des fliegenden Personals, Broncos Nachlass gefleddert haben? Unvorstellbar!

Von offizieller Seite hätte man den Spind versiegelt, um den Nachlass später vorschriftsmäßig an die Hinterbliebenen übergeben zu können.

Die Tür von Broncos Spind war aber offen gewesen und seine Tasche war verschwunden und das so kurze Zeit nach seinem Tod. Bisher wussten doch nur wenige von seinem Unfall. Sollte ausgerechnet unter diesen einer der unseligen, kleinen, wichtigtuerischen Andiener gewesen sein, der eine Chance sah, unbemerkt an Unterlagen von Bronco zu gelangen, um sie, für sich nutzbringend, weiterzugeben?

Mir war speiübel, ich musste raus an die frische Luft.

Demonstrativ ging ich hinüber in unser nahegelegenes Kasino. Bei solch einem Wetter wie heute gingen unsere fliegenden Aufsteiger nicht zum Fliegen. Sie trafen sich vielmehr im Kasino zum Essen und anschließendem Kartenspiel. Wir, Sunshine und ich, nannten sie scherzhaft das Jägermeister-Quartett. Sie ertränkten ihr Ego beim Kartenspiel regelmäßig in Jägermeister, wohl um sich selbst und auch ihre Mitspieler nicht nüchtern ertragen zu müssen.

Heute war der Clubraum jedoch wie leergefegt. Alle schienen auf Tauchstation.

Ich rief von der Bar aus Fräulein Jansen an und teilte ihr mit, ich würde noch zur 501. Staffel fahren und dann nach Hause, da ich ab 18:00 Uhr Nacht-O. v. G. hätte.

Kurz zu Hause
(Dienstag, den 23. 03. 1976, Tag X)

Zu Hause angekommen, fuhr ich in unsere linke Garageneinfahrt und parkte neben unserem Haus vor der Garage, ich musste ja bald wieder los. Es war mittlerweile schon fast 16:00 Uhr und um 18:00 Uhr war O. v. G.-Ablösung.
Als ich auf unsere Haustür zuging, wurde diese von innen schon geöffnet. Bärbel stand in der Öffnung. Sie sah mich stumm an. Wir wussten nur zu genau voneinander, was unser Inneres bewegte, sie versuchte, nicht zu weinen. Stumm umarmten wir uns innig, die Kinder suchten unsere Nähe. Eine Weile standen wir so da, eng beieinander, ein kleines Bollwerk gegenseitigen Trostes gegen die gemeinsam empfundene Trauer.
Zögerlich lösten wir uns voneinander, die Kinder gingen gemeinsam in Karens Zimmer.
Ich ging voraus ins Haus, durch unser geräumiges Esszimmer und die kleine Bibliothek und begab mich hinter unsere Hausbar, dicht gefolgt von Bärbel. Noch immer konnte ich nichts sagen. Ich schaute Bärbel, die vor der Bar auf einem der Barhocker Platz nahm, fragend an, sie nickte. Ich schenkte uns zwei Wodka ein, am nächsten Tag würde ich sicherlich nicht fliegen. Wir tranken uns stumm zu. Die Spannung begann von mir abzufallen. Ich fühlte mich so elend wie lange nicht mehr.
Bärbel fragte, ob ich, bevor ich wieder losmusste, wenigstens eine Kleinigkeit essen wolle. Ich sagte leise: »Ja, vielen Dank! Aber warte bitte noch einen Augenblick! Die Frage, mit all unseren Bemühungen aufzuhören oder aber weiterzumachen, steht im Raum und bedarf einer schnellen Beantwortung. Und die zweite Frage wird sein, wer wird offizieller Petent beim Bundestag? Bitte denk darüber nach!«
Sie schaute mich lange und ernst an, sagte dann leise: »Was dich betrifft, wird die Entscheidung ganz allein deine sein. Ich werde, wie immer, an deiner Seite sein und dir jede mir mögliche Unterstützung geben, so gut ich kann. Danke, dass du gefragt hast!«
Ich erwiderte ihren Blick zärtlich. »Danke, ich bin sehr erleichtert über deine Antwort! Die enorme Belastung wird so erträglicher sein.«
Die Zeit wurde knapp. Ich bat Bärbel, mir nun eine Kleinigkeit zu essen zuzubereiten.
Neben anderen wichtigen Nachrichtenmagazinen und Fernsehsendern, die sich für den Fortgang unserer Petition interessierten, war für uns das Nachrichten-

magazin »Der Reflektor« von besonderer Bedeutung. Was im »Reflektor« stand, war im Rampenlicht.

Ich musste unbedingt Karl-Heinz Müller anrufen, jetzt sofort, er war Korrespondent beim »Reflektor«.

Wir kannten uns nun schon seit zwei Jahren. Aus der anfänglichen Zweckgemeinschaft hatte sich eine Freundschaft entwickelt. Karl-Heinz war ein gewachsener Profi, Medienwolf, geschmeidig, aggressiv, ausdauernd, eiskalt, hochsensibel, mit dem untrüglichen Instinkt für Wesentliches; »Reflektor-Wölfe« heulen eben anders. Bei unserer Gruppe fühlte er sich, Wolf unter Wölfen, wohl. Wir waren füreinander berechenbar, unsere Freundschaft überlagerte wohltuend die blanken Belange des Rudels.

Auf dem Weg zum Telefon rief ich Bärbel zu, ich wolle eben noch Karl-Heinz anrufen.

»Grüß ihn von mir!«, rief sie. Dann kam sie rasch noch einmal zurück und sagte: »Er kann natürlich jederzeit zum Essen kommen, Sunshine und Devil auch.«

Ich rief die »Reflektor«-Redaktion in Bonn an und bat um eine Verbindung mit Karl-Heinz.

»Müller«, kam seine sonore Stimme aus dem Hörer. Ich war erleichtert, dass er da war. »Hier ist Mav [meine Freunde nannten mich Mav anstatt Maverick], du, Bronco ist tot. Mit dem Schleudersitz ausgestiegen. Näheres weiß ich noch nicht.«

Schweigen.

Dann: »Du, ich komm' hoch zu euch, wie wäre es am Donnerstag? Ich wohne wieder im Deutschen Haus.«

»Klingt gut. Wir, Sunshine, Devil, Bärbel, du und ich essen bei uns zu Abend und danach können wir in aller Ruhe alles besprechen, ohne Fremdeinwirkung, bis dahin ist das eine oder andere auch schon geklärt. Einen schönen Gruß von Bärbel.«

»Gut, du, bestell du auch schöne Grüße, bis dann!« Es klickte, ich legte auf. Er hatte wenig Zeit, immer!

Ich war erleichtert darüber, dass er kommen würde, wir würden sicherlich auf seine Hilfe angewiesen sein, jetzt mehr als zuvor.

Ich nahm die Texte des Grundgesetzes und des Soldatengesetzes vom Bücherregal und aus meinem Schreibschrank einen Ordner mit unbeschriebenem Papier, dazu mein Schreibetui. Damit ging ich in den Flur hinaus und legte alles in die Tasche, die ich mitnehmen würde.

Als ich zurückkam in unser Esszimmer, hatte Bärbel bereits den Tisch für mich gedeckt und für uns zwei Gläser Rotwein bereitgestellt. Sie hatte mir einige kleine Stücke Pizza aufgebacken. Wir setzten uns, ich begann zu essen, wir tranken unseren Wein, blieben stumm. Jeder hing seinen Gedanken nach, in der Abgeschiedenheit unseres mir so vertrauten Heimes fiel ein Teil meiner Anspannung von mir ab, ich verlor die Zeit. Der mehr zufällige Blick auf eine unserer Uhren holte mich jäh in die Gegenwart zurück, trieb mich zur Eile.

Ich rief nach den Kindern, verabschiedete mich von ihnen, nahm meine Schirmmütze, angelte nach meiner Tasche am Boden.

Bärbel hatte mich bis zur Tür begleitet, wir verabschiedeten uns zärtlich voneinander.

Ich ging zum Wagen, winkte Bärbel nochmals zu und fuhr davon.

Nacht-O. v. G.
(Dienstag/Mittwoch, den 23./24. 03. 1976 – Tag X 1 X + 1 Tag)

Auf der Fahrt stellte ich mir sofort die Frage, was zu tun sei und in welcher Reihenfolge.

Nachruf für Bronco, Benachrichtigung unserer Kameraden in allen Geschwadern, Gespräche mit Devil und Sunshine. Glücklicherweise war kein Nachtflug, so stand mir die ganze Nacht zur Verfügung. Mein Dienst würde sich weitestgehend in meiner Anwesenheit erschöpfen. Die dienstlichen Routineobliegenheiten würden vom Gefechtsstandspersonal, in aller Regel zwei erfahrenen Mannschaftsdienstgraden, erledigt, für die Beantwortung etwaiger Fragen würde ich ja jederzeit verfügbar sein.

Ich fuhr auf die Hauptwache zu, stoppte, der Wachposten salutierte vorbildlich, ich grüßte zurück, wies mich aus, passierte die geöffnete Schranke und fuhr auf den für den O. v. G. reservierten Parkplatz vor dem Stabsgebäude, in dem der Geschwadergefechtsstand untergebracht war. Ich passierte die unbesetzte Sicherheitsschleuse und ging den Flur entlang, bis zu einer verschlossenen Gittertür, die Unbefugten den Zugang zum Gefechtsstand verwehrte.

Ich klingelte. Einige Augenblicke später kam einer der Gefechtsstandsgefreiten, kontrollierte meinen Sonderausweis, öffnete die Gittertür, grüßte und verschloss die Tür hinter mir, an ihr rüttelnd, um zu überprüfen, ob diese auch wirklich verschlossen war.

Ich betrat den Gefechtsstand. Der O. v. G., ein junger, agiler Hauptmann von der 501. Staffel, mit dem ich schon einige Male geflogen war, telefonierte gerade. Das Gefechtsstandspersonal grüßte vorschriftsmäßig, ich grüßte zurück. Der Tag-O. v. G. hatte sein Gespräch beendet, war federnd aufgesprungen. Ich begrüßte ihn rasch per Handschlag, um das formelle Prozedere abzukürzen. Er meldete mir die zur Übergabe erforderlichen Einzelheiten, auch die spärlichen Einzelheiten über Broncos Unfalltod.

Ich bestätigte die vorschriftsmäßige Übernahme im O. v. G.-Buch. Damit war ich diensthabender O. v. G. bis zum nächsten Morgen um 07:00 Uhr.

Ich nahm meinen Platz hinter dem gewaltigen, langgezogenen, auf einem Podest stehenden, pultartigen Tisch ein, der mit Fernmeldetafeln und Telefonen eng bestückt war. Von hier aus überblickte man den ganzen Gefechtsstand. Die raumhohen und bis zum Boden reichenden Informationstafeln zeigten mir, es würde wohl eine ruhige Nacht werden, was meine Hoffnungen voll erfüllte.

Zwei Besatzungen waren auf Sizilien, in Catania-Sigonella, die Bereitschaft – Besatzungen plus Flugzeuge – war aufgeführt. Unser Kommodore war abwesend und wurde vertreten durch den Kommandeur der Fliegenden Gruppe, Oberstleutnant Angelo.

Inoffiziell wusste ich, er war zum sofortigen Rapport zu unserem Divisionskommandeur, Generalmajor von Brunoh, beordert worden, wegen Broncos Unfall. Morgen früh schon würde er zurück sein.

Ich griff nach einem der Telefonhörer und überprüfte einige der wichtigen Direktleitungen. All meine Anrufe wurden sofort beantwortet, ich war zufrieden.

Den ranghöheren der beiden Clerks (britische Bezeichnung für das Gefechtsstandspersonal) beauftragte ich dann, die Beantwortung aller ankommenden Anrufe zunächst auf seinem Schaltpult vorzunehmen und nur die unbedingt notwendigen Gespräche zu mir zu schalten. Er bestätigte den Auftrag, ich konnte meine Anliegen in Angriff nehmen.

Ich schloss meine Augen und versuchte, mich auf das jetzt Notwendige zu konzentrieren.

Ich begann, eine Check-Liste anzulegen, listete Einzelpunkte auf.

Kameraden von uns in allen Geschwadern und den beiden Waffenschulen mussten über Broncos Tod unterrichtet werden. Gleichzeitig würde ich darum bitten, dass jeder Verband eine Besatzung zur Teilnahme an der Trauerfeier entsenden solle.

Der Termin der Trauerfeier war zu erfragen.

Sunshine und Devil musste ich anrufen, falls sie sich nicht schon zuvor bei mir meldeten.

Der Clerk schaltete ein Gespräch auf mein Pult. Ich nahm den entsprechenden Hörer ab. Am anderen Ende war der O. v. G. von Wittmund. Er übermittelte mir die Bitte des Flugunfalluntersuchungsoffiziers (FSO) von Wittmund, einer der Offiziere der Arbeitsgruppe Fliegerzulage möchte doch bitte so bald wie möglich bei ihm anrufen. Er gab mir die Nummer eines Privatanschlusses durch und knack, die Leitung war unterbrochen.

Irritiert legte ich meinen Schreiber aus der Hand, schloss die Augen. Ich roch förmlich die Brisanz, federte aus meinem Sitz, bedeutete dem Clerk mit einer Handbewegung, er solle übernehmen, und eilte durch die offenstehende Tür unmittelbar hinter meinem Sitz, die in den Ruheraum für den Nacht-O. v. G. führte. Dort befanden sich zwei Telefone, das ständig auch hierhin geschaltete Alarm-Telefon und ein Direktanschluss in das öffentliche Fernsprechnetz.

Als ich den Hörer abnahm, erklang sofort das Freizeichen der Post. Ich wählte die mitgebrachte Nummer, wartete. Überraschend schnell kam »Mühlhoff« aus dem Hörer.

Ich meldete mich lediglich mit: »Seydel, Leck«.

»Sind Sie der Major aus der Arbeitsgruppe Fliegerzulage in Leck?« Ich stellte die Gegenfrage: »Und sind Sie der FSO von Wittmund?«

»Ja«, antwortete er und fuhr fort: »Herr Major«, er war Oberleutnant, »Sie kennen mich nicht. Sie haben auch nie mit mir gesprochen. Wo auch immer Sie das herhaben, was ich Ihnen jetzt sage, nicht von mir! O. K.?«

»O. K.«, sagte ich angespannt.

»Ihre Maschine aus Leck«, fuhr er fort, »die heute bei uns notgelandet ist, hatte eine Mid-Air. [Eine Mid-Air ist ein Zusammenstoß zweier oder mehrerer Luftfahrzeuge in der Luft.] Die Einbeulungen, Farbabschürfungen und Kratzstellen am linken Unterflügeltank und an den unteren Resten der Radarnase, auch an verschiedenen Unterrumpfstellen lassen keinen Zweifel zu. Die Farbabriebe deuten darauf hin, dass es sich bei dem zweiten Flugzeug um ein Militärflugzeug mit Tarnanstrich gehandelt haben muss. Da lediglich die linke Unterrumpfseite und der linke Außentank betroffen sind, muss der Zusammenstoß geschehen sein, als sich die Maschine, relativ zu der anderen, in einer Schräglage befand. Keinesfalls war es ein Vogelschlag, wie die offizielle Vermutung lauten soll. Ich wurde zu strengstem Stillschweigen verdonnert. Ich kann Ihnen einfach nicht mehr sagen. Als ich von Broncos Unfall ganz hier in der Nähe hörte, dachte ich, wenigstens dies sollten Sie wissen und bitte, Herr Major …«

Beruhigend versicherte ich ihm, seine Infos seien bei mir absolut sicher aufgehoben. Dann bedankte ich mich sehr herzlich bei ihm und wir beendeten das Gespräch.

Zurück an meinem Platz im Gefechtsstand, versuchte ich mich zu fangen. Unsere Führung wusste all dies, musste es wissen! Warum verschwieg man uns diese Tatsachen, warum?

Es dauerte eine ganze Weile, bis ich wieder Boden unter meinen Füßen verspürte. Eigentlich konnte ich mir Grübeleien gar nicht leisten, ich hatte jedoch keinerlei Kontrolle über das ständige Hingleiten zu der gleichen Frage: »Warum?«

Im Laufe des Nachmittages hatte ich mitbekommen, dass eine unserer Besatzungen in Wittmund notlanden musste, wegen eines vermuteten Vogelschlages. Diese Information war in all der Aufregung fast untergegangen. Jetzt, beim Stichwort »Vogelschlag«, fiel sie mir wieder ein. Meine Nackenhaare stellten sich auf.

Von einem der Clerks ließ ich mir sämtliche Flugpläne des Tages von den Flügen geben, die durchgeführt worden waren. Diese wurden in einem Ordner gesammelt und wöchentlich zur statistischen Dokumentation zum Stab der Fliegenden Gruppe geschickt.

Nach einiger Zeit fand ich, wonach ich gesucht hatte. Es war eine Besatzung der 501. Staffel, die mit einem vermuteten Vogelschlag in Wittmund notgelandet war, und sie kam aus dem gleichen Übungsgebiet, in dem sich auch Bronco befunden haben musste, als er den Unfall hatte.

Sicherheitshalber schaute ich auch noch die genauen Daten von Broncos Flug nach. Die Zeiten beider Flüge für den Aufenthalt im Luftraum über dem Übungsgebiet waren identisch.

Ein schrecklicher Gedanke durchzuckte mein Gehirn, machte sich breit, gegen alle vernunftbezogenen Bedenken.

Sollten etwa zwei unserer Mühlen in der Luft zusammengestoßen sein bei zu schlechter Sicht, ohne Chance, einander ausweichen zu können?

Die Ungeheuerlichkeit des Verschweigens einer solchen Möglichkeit ließ stärkste Zweifel in mir aufkommen über die Redlichkeit, solche Gedanken überhaupt zu hegen. Was sollte vertuscht werden, was verschwiegen? Und warum?

Die Aussage des Wittmunder FSOs hing im Raum.

Und die einzelnen Faktoren zu beiden Vorfällen, die ich ja gerade zusammengefügt hatte, die sich zusammenfügen ließen, weil sie vielleicht zusammengehörten.

Und die Tatsache, dass sich von Seiten unserer Führungsoffiziere, trotz eindringlicher Fragen unsererseits, niemand bereitgefunden hatte, eine wie auch immer formulierte substanzielle Aussage zu Broncos Unfall und Tod zu machen, eine Mauer des Schweigens!

Aber weshalb? Was stimmte nicht, was sollte verschwiegen werden und warum?

Hätten die Flüge gar nicht angeordnet werden dürfen, weil das schlechte Wetter eine sichere Durchführung gar nicht zuließ?

Und versuchte man genau dies zu vertuschen, aus Angst, die für die Einsätze verantwortlichen Führungsoffiziere würden schwerwiegende Konsequenzen zu tragen haben?

Ein Vogelschlag-Unfall war ein unvorhersehbares Ereignis.

Ein Zusammenstoß zweier Flugzeuge in der Luft ist jedoch etwas anderes. Es gibt Ursachen, unter Umständen Verantwortliche.

Zu niemandem, wirklich zu niemandem würde ich zunächst auch nur ein einziges Wort verlieren über die Möglichkeit einer Verknüpfung der beiden Vorfälle.

Genauso sicher würde ich aber auch versuchen, weitere Fakten in Erfahrung zu bringen, die, so oder so, Klarheit bringen würden, Klarheit über die tatsächlichen Abläufe.

Wegen der unüberschaubaren Fülle der Einzelfaktoren würde ich eine Sammlung aller relevanten Faktoren zu beiden Ereignissen, Unfall/Notlandung erstellen, ordnen und eine möglichst lückenlose Kette der Ereignisse aufzeichnen. Und diese Kette würde mir, uns und allen mit ihr Konfrontierten Klarheit geben über das Vorgefallene, unverfälscht, letztlich über die Wahrheit.

Und ich wollte die Wahrheit!

Erneut schaltete mir der Clerk ein Gespräch auf mein Pult und unterbrach damit meine Gedanken.

Es war Devil.

Ich sagte ihm: »Du, ich bin gerade busy, ich ruf dich gleich zurück, bist du zu Hause?«

Er sagte, er sei es, ich legte auf, stand auf, forderte den Clerk auf zu übernehmen und verschwand wieder nach hinten, in Richtung Postanschluss.

Devil war sofort am Apparat. »Grüß dich, Mav!«, begann er mit brüchiger Stimme, »sag mal, was ist denn los?«

»Wenn ich das bloß wüsste!«

Dann schilderte ich ihm den Sachverhalt, so gut ich konnte, allerdings ohne den Inhalt des Gespräches mit dem Wittmunder FSO. Als ich eine Pause machte, fragte Devil: »Kannst du dir vorstellen, warum die Führung so unsortiert und panisch reagiert? Ist es Angst, und wenn ja, wovor?«

»Für viele in unserer Militärhierarchie ist weder unser Anliegen noch die Art, wie wir es handhaben, normal, das müssen wir uns stets vor Augen halten, gerade jetzt«, antwortete ich angespannt, »die Hauptfrage, die sich jetzt für uns drei stellt, ist erst einmal, machen wir weiter und wenn ja, wer übernimmt die

Federführung, letztlich die Petition mit allem, was damit verbunden ist und sein wird? Ich schlage vor, du denkst ernsthaft und umfassend darüber nach und wir, Sunshine, du und ich, fassen morgen einen Entschluss, Karl-Heinz kommt übermorgen. Wir müssen geschlossen auftreten und mit einer Perspektive aufwarten.«

»Du weißt, ich werde nächste Woche pensioniert. Ich habe mit meinem neuen Job viel um die Ohren. O. K., bis morgen habt ihr mein Wort, so oder so. Du, grüß Bärbel, bis bald!«

Ich ging zurück zu meinem O. v. G.-Platz und nahm meine begonnene Check-Liste aus meinem Hefter.

- O. v. G.s aller Verbände anrufen
- Termin für Trauerfeier erfragen
- Devil und Sunshine anrufen
- Nachruf schreiben

Ja, den Nachruf wollte ich entwerfen. Als Rundschreiben?

Wir hatten 1974 zur Informierung aller Verbände, auch der betroffenen Stäbe, ein Rundschreibensystem installiert und seither 22 Rundschreiben – von Bronco unterschrieben – versandt. Diese Rundschreiben waren unser Weg, unsere Kameraden über den Fortgang unserer Aktion und unsere weiteren Pläne auf dem Laufenden zu halten. Diese Schreiben erfreuten sich großer Beliebtheit und förderten den Zusammenhalt entscheidend.

Ich würde den Nachruf als Rundschreiben entwerfen in der Hoffnung, dass Sunshine und auch Devil diese Form akzeptieren würden, ich notierte also

- Nachruf Rundschreiben 23 entwerfen.

Meine Gedanken begannen sich in Ideen zu diesem Rundschreiben zu verhaken, ich riss sie los. Zunächst wollte ich alle notwendigen Anrufe erledigt wissen. Danach, später, in den ersten Stunden des neuen Tages, würde mir genügend Zeit bleiben, um konzentriert und ungestört auszudrücken, was meinen Geist und meine Seele bewegte und was mitzuteilen Pflichtbewusstsein und Gewissen mir geboten.

Zunächst aber musste ich herausfinden, ob der Termin für die Trauerfeier schon feststand und wenn ja, wann diese stattfinden sollte. Offiziell würde es niemand erlaubt sein, mir diese Information zu geben. Wir galten als unberechenbar und der Kommandierende General der Luftflotte, Generalleutnant Czepanski, würde unter allen Umständen zu verhindern versuchen, dass es zu luftwaffenweiten

Ehrenbezeugungen für Bronco kommen würde, die unsere Aktion aufwerten könnten. Hätte er um meine Pläne gewusst, Abordnungen aller Geschwader einzuladen, ihn als hochgradigen Choleriker hätte sicherlich der Schlag getroffen.

Einer spontanen Idee folgend, griff ich nach einem bestimmten Hörer, schaltete mich in die Direktleitung zum Gefechtsstand unserer Luftwaffendivision und fragte den dort diensttuenden Clerk, wann der Divisionskommandeur am Freitag seine Landung in Leck plane. Der Clerk sagte höflich: »Stand by, Sir«, einige Sekunden vergingen, dann: »March 26th 10:00 Z.« Ich antwortete: »Thank you, good night«, und unterbrach rasch die Hotline, um keine Fragen aufkommen zu lassen. Jetzt war klar:

- General Czepanski hatte General von Brunoh zur Durchführung der Trauerfeier nach Leck beordert,
- der Divisionsgefechtsstand hatte schon Order, den Flug für General von Brunoh vorzubereiten,
- die Trauerfeier am Freitag würde nach 1000 Z stattfinden, wahrscheinlich um 1200 Ortszeit.

Es würde ausreichen, wenn alle Gastbesatzungen vor 0900 Z landen würden.

Nun konnte ich die Einsatzverbände informieren. Um keinen Argwohn aufkommen zu lassen, würde ich lediglich einen Nord-Verband, einen Süd-Verband und ein Marinefliegergeschwader anrufen und dort darum bitten, die erforderlichen Informationen jeweils in ihrem Bereich von Verband zu Verband weitergeben zu lassen.

Nachdem ich diese Anrufe erledigt hatte, schaute ich zum ersten Mal – bewusst – auf die große Gefechtsstandsuhr, es war 22:13 Uhr Z, also 23:13 Uhr Ortszeit, höchste Zeit, Sunshine anzurufen.

Sunshine und ich waren Freunde, aus dem gleichen Holz geschnitzt, vom Leben eher gehobelt, weniger poliert. Wo wir standen, brachen sich Stromlinien. Wo, wann und in welchem Umfang Anpassung geboten war, entschieden wir. Ich wünschte mir von ganzem Herzen, unser Vorhaben mit ihm gemeinsam fortführen zu können.

Erneut den Postanschluss im Nacht-O. v. G.-Raum benutzend, wählte ich den Vermittlungsanschluss von Sunshines Heeresdienststelle in Neumünster und bat um eine Verbindung zum Kasino. Die dortige Ordonanz holte Sunshine an den Apparat. »Hallo, Mav, schieß los, ich hör erst mal zu!«

Nachdem ich ihn ohne Unterbrechung über alle Einzelheiten, einschließlich meiner Pläne bezüglich des Rundschreibens und der Trauerfeier, informiert hatte, hielt ich – tief durchatmend – inne. Wir schwiegen eine ganze Weile. Dann endlich begrüßte ich ihn: »Hallo, Sunshine, wir wissen, wie es uns geht, also lass uns gleich weitermachen, O. K.?«

»Tut gut, dich zu hören, Mav, und klingt gut, was du vorschlägst. Devil geht ja nächste Woche nach Hause. Falls er aus unserer Formation rauspullt – und ich hoffe, dass er das nicht tut, aber falls doch –, O. K.! Ich meine, wir beide sollten auf jeden Fall weitermachen.«

»Gut, dass du das so gesagt hast«, bemerkte ich bestimmt. »Wir haben so viel investiert, auch schon so viel erreicht, wir dürfen jetzt einfach nicht aufgeben. Ein Erfolg ist erreichbar. Unsere jetzige Ausgangsposition für weitere Schritte ist besser als je zuvor. Die Trauerfeier, läuft sie so ab, wie ich hoffe, wird die Bastion der Führungsverantwortlichen anknacken, von Brunoh wird sein Gesicht verlieren und unser Nachruf als Rundschreiben 23 wird Czepanski innerlich verzehren. Sobald er erkennen muss, dass er uns gegenüber seine sonst so gewaltige Macht nicht einsetzen kann, weil er nicht dürfen wird, zerbricht er. Mit uns wird er – auch dank der Medien – seine perfiden Machtspielchen, mit denen er Bronco so übel mitgespielt hatte, nicht mehr treiben können, General Bomberg wird dies nicht zulassen, nicht mehr nach Broncos Tod und dem, was wir im Rundschreiben 23 schreiben werden. Kommst du morgen nach Leck?«

»Augenblick, ich muss nachschauen! – morgen nicht, dafür Donnerstag aber schon um 14:00 Uhr.«

»O. K., lass uns Folgendes vereinbaren! Sobald der Text des Rundschreibens 23 feststeht, rufe ich Devil kurz an und finde seine Entscheidung heraus. Danach rufe ich dich zurück, teile dir Devils Entscheidung mit und lese dir den Entwurf des Nachrufes vor. Bist du einverstanden, lasse ich das Rundschreiben 23 von Fräulein Jansen formgerecht schreiben. Beim Gemeindebüro in Leck lasse ich danach die entsprechenden Kopien fertigen, damit wir sie nach Broncos Schlüssel verteilen können. Für Karl-Heinz und uns lasse ich einige Extraexemplare herstellen. Unterschreiben können wir sie dann ja Donnerstag. Ich möchte sie unter allen Umständen am Freitag nach der Trauerfeier den Gastbesatzungen mitgeben. Einwände?«

»Keine.«

»Sekunde noch!«, meine Stimme war leise. »Du ahnst sicherlich, wie erleichtert ich bin, dass wir gemeinsam weitermachen werden, danke! Und wo wir gerade dabei sind, überlege dir doch bitte bis morgen, ob du die Petition übernehmen möchtest, es liegt ganz bei dir! Du weißt ja, nach Art. 1 7 GG darf bei den Soldaten jeweils nur einer als Petent auftreten.«

»O. K., ich überleg's mir. Morgen hast du mein Wort. Sonst noch etwas?«

»Nein.«

»Dann bis morgen, Mav, und pass auf dich auf!« »Du auch auf dich, mach's gut!«

Nach einer ganzen Weile kam die innere Ruhe, die ich brauchte, um mich auf den Nachruf für Bronco konzentrieren zu können.

Ich würde mit vollem Zeug hart am Wind segeln. Fehler konnte ich mir da nicht leisten.

Nachdem ich den ersten Entwurf fertig geschrieben hatte, überprüfte ich Satz für Satz auf Haltbarkeit vor unserem Grundgesetz und unserem Soldatengesetz. Es gab kein Ausweichen in Grauzonen, keine Formulierungen in der Möglichkeitsform. Hier galt es geschlossen und entschlossen Flagge zu zeigen, drei gestandene Stabsoffiziere, die fähig und willens waren, zu dem zu stehen, was sie aus innerster Überzeugung zu sagen hatten!

Mittlerweile war es 02:55 Uhr. Ich las den Entwurf noch einmal, Satz für Satz. Ja, so wollte ich es sagen, genau so.

Rundschreiben 23

Strahlfliegerkameraden!

Zwischen der Verpflichtung, aufopfernd zu dienen, und der Möglichkeit, sich Recht zu verschaffen, liegt ein Raum von Freiheit, dessen Dimensionen demokratisch sind. Diese Abmessungen werden durch das Wechselspiel von verantwortungsvoller Disziplin und konstruktiver Kritik bestimmt und führen bei Ausgewogenheit der Elemente zur Optimierung dieses Raumes, einem Maximum an staatlicher und persönlicher Freiheit. Unausgewogenheit der Elemente dagegen, sei sie bedingt durch unkritische Obrigkeitshörigkeit oder verantwortungslose Anwendung von Gewalt, lässt den Raum schrumpfen, engt die Freiheit des Einzelnen ein und führt zur Unfreiheit – auch des Geistes.

Wir betrauern unseren Kameraden Major Langermann. Heute vor zwei Jahren hat er seine erste Eingabe eingereicht. Seine anfangs vordergründig berechtigte Hoffnung auf gleiche Anwendung der Grundrechte bei allen Bürgern, auch bei ihm als Bürger in Uniform, ist im Verlauf dieser zwei Jahre mehr und mehr der ernüchternden Erkenntnis der Machtlosigkeit des Einzelnen gewichen, seinen Rechtsanspruch ohne Unterstützung geltend machen zu können.

Zutiefst von der Rechtmäßigkeit und Notwendigkeit seiner Aktion überzeugt, setzte er sich uneingeschränkt dem Spiel der Kräfte aus, das zuletzt ein Kampf zwischen etablierter Gewalt und verbrieftem Recht wurde. Der auf ihm lastende Druck wurde übermenschlich, der Stil des Vorgehens gegen ihn unmenschlich, das Versagen, wo er glaubte versagt zu haben, allzu menschlich.

Nur wenige wissen, wie sehr er darunter gelitten hat, durch Befehle eingeschränkt worden zu sein, deren Notwendigkeit im Sinne der Sache er bis zuletzt nicht begreifen konnte!

In vorbildlicher Weise hat er einen vielleicht neuen, aber deshalb nicht weniger rechtmäßigen Weg beschritten, zielstrebig, unbeirrt, aufopfernd!

Nachdem der Klang seiner Schritte auf diesem Weg nun so unerwartet verstummt ist, gilt es, seine Aktion würdevoll in seinem Sinne fortzuführen. Seine vorbildliche Zivilcourage und seine selbstlose Kameradschaft verpflichten uns dazu.

Sein Gedenken wird nicht nur in unseren Gedanken erhalten werden, es ist auch unauslöschlich in unseren Fliegerherzen verankert.

Heinersen, Martin, Seydel

Ich hoffte inständig, Sunshine und Devil würden es so mittragen.

Ich war ausgelaugt. Ich beauftragte den Clerk, die Wache zu übernehmen, mich um 05:00 Uhr Z zu wecken, und ging in den Ruheraum.

Das Geräusch der Schritte des Clerks ließ meine Aufmerksamkeit bereits wieder hochfahren, es war 05:00 Uhr Z. Ich bedankte mich für das Wecken und stand auf, meine bleierne Müdigkeit zurücklassend. Der Zugang zum Waschraum lag innerhalb des Sperrbereiches und nachdem das kalte Wasser auch meine Restmüdigkeit vertrieben hatte, begab ich mich zurück in den Gefechtsstand. Hier hatte die Tagesroutine bereits begonnen. Eine Fülle von Checks wurde abgespult, Infos entgegengenommen, verarbeitet, weitergegeben. Ich hatte Entscheidungen zu treffen, Anordnungen zu erteilen, Bestätigungen entgegenzunehmen. Kurz vor 06:00 Uhr füllte ich das Übergabeformular in der O. v. G.-Kladde aus und unterschrieb es. Dann verstaute ich meine Unterlagen in meiner Tasche.

Der Tag-O. v. G. betrat den Gefechtsstand. Ich begrüßte ihn kameradschaftlich. Wir wickelten die Übergabe ab, er unterschrieb das Übergabe-Formular ebenfalls, ich wünschte ihm einen angenehmen Dienst, verabschiedete mich von den Clerks und verließ den Gefechtsstand.

Der Tag der Entscheidung
(Mittwoch, den 24. 03. 1976, X + 1 Tag)

Als ich um 07:30 Uhr zu Hause ankam – nach einem Nacht-O. v. G.-Dienstag hatten wir bis 13:00 Uhr dienstfrei –, waren Bärbel, die als Lehrerin tätig war, und die Kinder schon unterwegs. Bärbel hatte mir mein Frühstücksgedeck und Kaffee auf unserem Esstisch auf meinem Platz bereitgestellt, neben meine Tasse hatte sie eine kleine Vase mit frischen Märzenbechern aus unserem Garten gestellt.

Sunshine würde erst um 10:00 Uhr von seinem alltäglichen Divisionsstabsbriefing zurück sein in seinem Büro. Zeit genug, um zuvor mit Devil zu sprechen.

Helle, seine Frau, war am Apparat: »Mensch, Mav, was für ein Pech! Das mit die Bronco.« Ihr entzückender Akzent verriet sie als Dänin. »Wart' mal, ich hole schnell Devil!« Ich wartete.

»Hallo, Mav, grüß dich!«, Devils Stimme ließ keine Schlüsse zu auf seine Gefühle, typisch Pilot und typisch Devil.

»Hallo, Devil!«, erwiderte ich. Dann informierte ich ihn über die Neuigkeiten und fragte nach seinem Entschluss.

»Also«, begann er, »wenn ihr mir die Arbeit vom Hals haltet, mache ich weiter mit, aber ich möchte weder die Federführung bei unserer Aktion übernehmen noch offizieller Petent beim Bundestag werden. Ich werde in den ersten Jahren in meinem neuen Job einfach keine Zeit haben für andere Dinge, wirklich keine. Ich hoffe, ihr akzeptiert das, ich möchte gerne dabeibleiben, nicht nur wegen des Eindruckes nach außen hin.«

»Mach dir wegen der Arbeit bloß keine Gedanken, das werden wir schon hinbiegen, ich freue mich jedenfalls aufrichtig, dass du dabeibleibst! Wir werden dich natürlich eingehend auf dem Laufenden halten. Morgen Abend bei der Besprechung mit Karl-Heinz bist du doch dabei?«

»Ab wann denn?«

»Ab 18:00 Uhr bei uns. Wir möchten – der Atmosphäre wegen – zunächst gemeinsam gemütlich essen, möglichst zwanglos, und uns danach in unsere Sitzecke zurückziehen zum Gespräch. Der Nachruf für Bronco, wenn ihr – Sunshine und du – ihn so akzeptiert, wie ich ihn geschrieben habe, wird mächtige Wellen schlagen. Karl-Heinz wird uns, so wie ich ihn einschätze, »Reflektor«-like nach vorne schieben ins Rampenlicht. Wir werden gegen das Establishment der mächtigen Militärhierarchie zu bestehen haben, wir, nicht Karl-Heinz. Der »Reflektor« wird bereits am Montag danach völlig andere Interessen haben.«

Devil schwieg. Dann kam es bedächtig: »Mensch, Mav, bist du tatsächlich davon überzeugt, dass das alles so klappen wird, wie wir uns das vorstellen?«

»Wenn ich nicht fest an einen möglichen Erfolg unsererseits glauben würde, hätte ich das alles nie mitgemacht!«

»O. K., Mav, kannst du mir bitte schnell noch das Rundschreiben 23 vorlesen?«

»Sekunde!«, vertröstete ich ihn. »Ich hole es rasch.«

Als ich den Entwurf zur Hand hatte, las ich ihn Devil vor.

Seine Stimme kam brüchig aus dem Hörer: »Klasse, Mav, besser könnte es nicht sein! Hoffentlich behältst du recht, dass wir damit durchkommen!«

»Das Grundgesetz, das Soldatengesetz und ein wichtiger Teil der Medien sind auf unserer Seite, das muss reichen und ich bin sicher, das wird auch reichen«, entgegnete ich, »hast du Einwände?«

Er schwieg, dann kam seine Antwort: »O. K., lass es so! Bis morgen und grüß schön! Sag Bärbel, zumindest auf das feine Essen würde ich mich schon freuen!«

Ich verabschiedete mich von Devil. Eine schwerwiegende Vorentscheidung war gefallen.

Telefoniert hatte ich bisher in unserem Esszimmer. Nun ging ich nach hinten an die Hausbar. Dort angekommen, entnahm ich einem Regal eine Schallplatte mit der Aufzeichnung der Sinfonie Nr. 6 – der sogenannten »Pathétique« – von Tschaikowsky. Ich schaltete den Plattenspieler ein. Zuerst zögernd, dann fordernder stellte ich die Lautstärke so ein, dass mich die Musik völlig umgab. Ich ließ mich in meinen Sessel fallen, schloss die Augen. Die in der sogenannten »Todestonart« h-Moll komponierte »Sechste« nahm mich mit ihrer schmerzlich-melancholischen Grundstimmung mehr und mehr gefangen. Der bis zu seinem bitteren Ende auskomponierte Konflikt zwischen der tragischen, unkorrigierbaren Gegenwart und der nun schmerzlich-schönen Erinnerung an die vergangene Zeit durchdrang erneut meine so schmerzlich aufgewühlte Seele. Diese Musik vermittelte keinerlei in die Zukunft gerichtete Hoffnung mehr, keinen optimistisch-triumphierenden Schluss, sondern bittere Resignation, in ihrer Dramatik an ein Requiem erinnernd, bis zum endgültigen Verlöschen des Lebensnervs.

Bronco war tot.

Er hatte uns den Rücken zugewandt und war unwiderruflich davongegangen, für immer.

Erst nach Minuten wurde mir die Stille bewusst, die mich umgab, nachdem die Sinfonie verklungen war. Umständlich fand ich mich wieder. Fast zögerlich begann mein kritisches Bewusstsein wieder zu arbeiten.

Als ich spürte, dass alles wieder unter positiver Kontrolle war, schaute ich auf meine Fliegeruhr an meinem linken Handgelenk, es war 10:50 Uhr, Sunshine wartete auf meinen Anruf.

»Hauptfeldwebel Sundermann«, kam es aus dem Hörer, als ich Sunshines Anschluss erreichte, er war Sunshines »Führungsgehilfe«: »Der Major kommt sofort.«

»Hallo, Mav, wie geht's?« Sunshines Stimme klang belegt. Er wusste genau, wie es mir ging.

»Lass uns von was anderem schweigen!«, erwiderte ich leise. Dann etwas lauter: »Devil bleibt im Boot. Er kann zwar keine Workload übernehmen, aber das ist ja wohl auch nicht von zentraler Bedeutung. Wichtig ist, dass wir alle drei geschlossen auftreten können. Soll ich dir zunächst mal den Nachruf als Rundschreiben 23 vorlesen, so wie ich ihn letzte Nacht geschrieben habe?«

Sein »Schieß los!« klang konzentriert. Ich las es ihm vor. Kaum hatte ich geendet, schoss es aus ihm heraus: »Noch mal!« Erneut las ich ihm Satz für Satz vor, etwas langsamer, gewichtiger.

»Mensch, Mav, das ist es«, sagte er fast heiser, »genau das! Beim zweiten Vorlesen bekam ich eine richtige Gänsehaut. 'Ne Bombe ist ein kleiner Pups dagegen. Unsere Führungsverantwortlichen wird es innerlich zerreißen und die Flyer werden hinter uns stehen wie 'ne Eins.«

Beschämt schwieg ich. Ich fand es ja auch ganz gut, aber …

»Du, Mav, ich habe eingehend über unsere Weiterarbeit nachgedacht. Wäre es O. K., wenn du die Federführung für unsere Aktion übernimmst, auch offizieller Petent beim Bundestag wirst? Du bist zu Hause, hast nur noch drei Jahre Restdienstzeit, dir kann kaum jemand etwas anhaben. Ich könnte mich nicht so weit aus dem Fenster lehnen wie du.«

Im Innersten wusste ich, seit dem ersten Augenblick, nachdem ich von Broncos Tod erfahren hatte, wohin alles treiben würde, ich hatte es bislang lediglich verdrängt.

»Gib mir Zeit, nochmals mit Bärbel zu sprechen, bevor ich mich endgültig festlege! Ohne sie will ich eine derart schwerwiegende Entscheidung nicht treffen, wir sind uns einfach zu nahe.«

Es war Zeit, unser Gespräch zu beenden. Ich musste um 13:00 Uhr in meinem Büro sein, und zwar pünktlich. Großzügigkeit und Nachsicht hatte ich nicht mehr zu erwarten.

Um 12:50 Uhr, also überpünktlich, betrat ich unser Geschäftszimmer im Stabsgebäude. Meinem Postfach entnahm ich die Vorgänge, die sich während meiner Abwesenheit angesammelt hatten, und ging damit zu meinem Büro. Überlandfluganträge beider Staffeln, eine Rückrufbitte des Verwalters des Kartenlagers und die Bitte des Leiters des Radarbildvorhersagezentrums um meinen Besuch.

Eben vor 13:00 Uhr läutete mein Telefon. »Angelo«, kam es aus dem Hörer, »kommen Sie in mein Büro!« Seine Führungsstimme klang snappy.

»Jawohl, Herr Oberstleutnant«, sagte ich, Dienstbeflissenheit signalisierend.

Seine damaligen Unteroffizierskameraden aus der Aufbauzeit der Luftwaffe hielten Angelo für einen meinungsarmen Anpasser. Heute beschrieben ihn Mitbewerber um Macht eher als eine Art Operettenoffizier, fein, distinguiert, fleißgebildet, artig. Er sei ängstlich bemüht eigene Gedanken zu vermeiden, sie könnten ja unvorhersehbare Missliebigkeiten hervorrufen. Einer meinte, auf ihn angesprochen, gar, eigentlich sei er ein typischer Frosch, der stets bereit sei, sich von jedem küssen zu lassen, um endlich Prinz zu werden.

Bevor er mein Kommandeur wurde, kannte ich ihn nicht. Da er noch nicht lange mein Kommandeur war, kannte ich ihn bisher kaum. Und da er ein Karriere-Offizier war, würde er auch nicht lange genug im Geschwader bleiben, dass ich ihn wirklich kennenlernen könnte.

Ich ging den langen Flur entlang, bis zum Kommandeurszimmer, klopfte an und wartete. Nach längerer Pause erklang von drinnen ein schnarrendes: »Herein!«

Ich trat ein, schloss die Tür hinter mir und meldete mich förmlich zur Stelle. Oberstleutnant Angelo schrieb, ließ mich eine geraume Weile stehen, schaute dann auf, ohne meinem Blick zu begegnen. Er wies auf den Stuhl vor seinem Schreibtisch und sagte kurz angebunden: »Setzen Sie sich!«

»Jawohl, Herr Oberstleutnant«, erwiderte ich kalt. Wenn er es so wollte, ich war bereit, auch meine Muskeln spielen zu lassen.

Angelo setzte sich in Pose.

»Der Kommodore hat mich beauftragt, Sie zu Broncos Unfalltod und den sich für Sie daraus ergebenden Folgen anzuhören. Der Kommodore wünscht unverzüglich über Ihre weiteren Schritte bezüglich Ihrer ›Aktion Fliegerzulage‹ unterrichtet und lückenlos auf dem neusten Stand gehalten zu werden. Haben Sie das verstanden?«

»Jawohl, Herr Oberstleutnant«, antwortete ich und schwieg. »Wollen Sie nicht anfangen?«

»Wenn ich Sie richtig verstanden habe, Herr Oberstleutnant, dann stellten Sie fest, der Kommodore wünsche informiert zu werden.«

»Ja, und?«

»Sie, Herr Oberstleutnant, sind Kommandeur der Fliegenden Gruppe, nicht jedoch der Kommodore. Sie können mir bezüglich des Todes von Bronco Fragen stellen, die ich unter bestimmten Voraussetzungen beantworten werde. Dem Kommodore bitte ich zu melden, dass ich ihn über den etwaigen Fortgang von Broncos Petitum nicht informieren werde, da die Eingabe eines Petitums beim Bundestag keine dienstliche Angelegenheit, sondern eine private sei, die nach Auskunft des Herrn Vorsitzenden des Petitionsausschusses frei von fremden Einflüssen bleiben müsse. Widrigenfalls sei der Petitionsausschuss unverzüglich zu unterrichten, Herr Oberstleutnant.«

Angelo hatte bisher keine Notizen gemacht. Was sollte er dem Kommodore melden? Seine Hände spannten sich an, sein Gesicht verlor an Farbe. »Wenn Sie es so wollen, Sie wissen sicher genau, was Sie tun, und sind sich über die möglichen Folgen im Klaren.«

»Jawohl, Herr Oberstleutnant.«

Angelo legte sich nun Papier und Schreiber zurecht, bevor er mich mit seiner ersten Frage konfrontierte: »Wurden Sie bisher von irgendjemand aus dem militärischen Bereich zum Flugunfall Broncos befragt?«

»Nein, Herr Oberstleutnant.«

»Wurden Sie bisher von irgendjemand aus dem nichtmilitärischen Bereich zum Flugunfall Broncos befragt?«

»Dienstliche Belange betreffend nicht, Herr Oberstleutnant.«

»Wurden Sie bisher indirekt gezielt von irgendjemand aus dem nichtmilitärischen Bereich zum Flugunfall Broncos befragt, in der Absicht, militärisch vertrauliche Informationen zu erlangen?«

Diese gestelzten Fragen von »ganz oben« nach »ganz unten« gingen mir mächtig auf den Geist. Ich beschloss, mich noch mehr um ein rasches Ende dieser »Anhörung« zu bemühen. Vielleicht war er am besten mit seinen eigenen Waffen zu schlagen?

»Indirekt gezielt: nein, Herr Oberstleutnant.«

»Haben Sie meine Frage auch richtig verstanden?«

»Jawohl, Herr Oberstleutnant.«

»Und Sie bleiben bei ihrem ›Nein‹?«

»Nein, Herr Oberstleutnant.«

»Was soll denn das heißen?«

»Ich kann nicht bei einem Nein bleiben, Herr Oberstleutnant, weil meine Antwort lautete: ›Indirekt gezielt: nein‹. Hätten Sie mich gefragt, ob ich bei meinem ›Indirekt gezielt: nein‹ bleibe, hätte ich mit ›Jawohl, Herr Oberstleutnant‹ geantwortet. So aber musste ich, um korrekt zu bleiben, mit ›Nein, Herr Oberstleutnant‹ antworten. Ich bitte Sie, Herr Oberstleutnant, dies im Protokoll festzuhalten. Selbstverständlich bleibe ich bei meinem ›Indirekt gezielt: nein‹, falls Sie dies nochmals hinterfragen wollten, Herr Oberstleutnant.« Das Spiel begann mir wieder Spaß zu machen.

»Wurden Sie von jemand über den vermuteten Ablauf von Broncos Flugunfall unterrichtet?«, fragte Angelo.

Ich wartete, bis er zu Ende geschrieben hatte. »Aus dem dienstlichen Bereich nicht, Herr Oberstleutnant.«

Angelo stürzte sich wie ein Habicht auf meine Antwort: »Und aus dem nichtdienstlichen Bereich?«

»Auch nicht, Herr Oberstleutnant«, konterte ich.

Er schaute mich irritiert an, sagte jedoch nichts, ich wartete stumm.

»Maverick, Sie machen es mir nicht leicht.«

»Sollte ich, Herr Oberstleutnant«, fragte ich gedehnt, »nach allem, was mir und uns in der letzten Zeit widerfahren ist?«

Er schwieg.

Er schwieg lange.

»Erlauben Sie, Herr Oberstleutnant, dass ich – unbefragt – etwas feststelle?«, fragte ich in sein Schweigen hinein.

Er nickte stumm.

»Heute wird unser Inspekteur dienstlich genehmigen, dass Abordnungen aller fliegenden Verbände zur Trauerfeier für Bronco am Freitag nach Leck fliegen dürfen. Politiker und Medien agieren, der Inspekteur reagiert entsprechend. Diese Ebene ist hoch, sehr hoch. Lassen Sie sich Ihren Weg nach oben nicht für alle Zeiten verbauen! Falls Sie keine weiteren Fragen an mich haben und Sie damit einverstanden sind, würde ich mich gerne abmelden.«

Erneut nickte er stumm.

Ich stand auf, nahm Haltung an, meldete mich ab und verließ sein Büro.

Mittlerweile war es 15:12 Uhr geworden. Ich wollte heute unbedingt noch an den Petitionsausschuss des Deutschen Bundestages schreiben, um Broncos Petitum offiziell zu übernehmen, damit ich befugt sein würde, als Petent aufzutreten.

In meinem Büro schrieb ich rasch einen Entwurf und brachte diesen zu Fräulein Jansen.

Seydel, Major, 25. März 1976

An den Petitionsausschuss
des Deutschen Bundestages
Bundeshaus
5300 Bonn

Betr.: Petition zu den tätigkeitsbezogenen Zulagen der Besatzungen strahlgetriebener Kampfflugzeuge der Bundeswehr und zur Versorgung von Berufsoffizieren mit der besonderen Altersgrenze von 40 Jahren (BO-40)
Vorg.: Schreiben – L – vom 13. Febr. 1976

Sehr geehrte Damen und Herren!
Bei einem Flugunfall ist Major Langermann am 23. 03. 1976 tödlich verunglückt.

Als Kampfbeobachter einer RF-4-E-Besatzung bitte ich unter Berufung auf Artikel 17 GG, unter Berücksichtigung des Artikels 17a GG, die von Major Langermann vorgelegte Petition weiterbearbeiten zu dürfen. Seine Forderungen werden von mir in vollem Umfang aufrechterhalten.

Hochachtungsvoll
Seydel

Fräulein Jansen war allein in ihrem Büro. Auf meine Bitte hin sagte sie mir zu, sie werde nach ihrem Dienstschluss eine Reinschrift und die erforderlichen Kopien fertigen, dies sei doch selbstverständlich.
»Gibt es irgendetwas Neues?«, fragte ich sie und sie antwortete gedämpft: »Broncos Genick soll beim Schleudersitzausstieg gebrochen sein und Neptun soll noch an der Unfallstelle nach einem ›zweiten‹ Flugzeug gefragt haben, allerdings noch voll im Schock. Mehr habe ich nicht gehört.«
Ich bedankte mich bei ihr und ging.
Gleich morgen früh würde ich das Schreiben an den Petitionsausschuss abschicken. Am kommenden Montag würde ich mir telefonisch eine Vorab-Antwort geben lassen.
Zurück in meinem Büro versuchte ich meine Fassung wiederzuerlangen. Die neuen Nachrichten waren alarmierend und sicher nicht nur für mich. Warum gab es keine Nachrichten über die bisherigen Erkenntnisse, keine Informationen über Neptuns Aussagen? Was sollte vertuscht werden und warum?
Ich trug die Gründe für Broncos Tod und die Aussagen von Neptun in meine Fakten-Liste ein.
Zu Hause teilte ich Bärbel die neuen Informationen mit. Wir sprachen darüber, es wurde ein langer Abend.

Der Tag der Arbeit
(Donnerstag, den 25. 03. 1976, X + 2 Tage)

Ein normaler Diensttag für mich, eigentlich …
Kurz nach 08:30 Uhr klingelte mein Telefon. Den Hörer noch nicht richtig an meinem Ohr, hörte ich schon die Stimme meines Kommandeurs: »Maverick, kommen Sie sofort in mein Büro, hier ist ein Gespräch für Sie aufgelaufen!«
Im Kommandeursbüro übergab mir Oberstleutnant Angelo einen Hörer, mit den Worten: »Die Reflektor-Redaktion in Bonn für Sie.«

Nickend übernahm ich den Hörer und meldete mich: »Seydel.«

Am anderen Ende erklang die Stimme der Vorzimmerdame von Karl-Heinz: »Guten Morgen, Herr Seydel, ich verbinde Sie weiter.«

»Guten Morgen, Fräulein Schwedt, bitte sehr, ich warte«, antwortete ich rasch.

Unmittelbar danach kam die Stimme von Karl-Heinz: »Guten Morgen, Mav, ich dachte, ich melde mich mal auf diesem Wege bei dir, kann ja nichts schaden.«

»Guten Morgen, Karl-Heinz, wie geht's, bleibt es bei unserem Termin heute?«

»Ja, ich bin so etwa gegen 17:00 Uhr im Deutschen Haus in Leck, ich komme von Hamburg aus unserer Redaktion. Sei doch so nett und bestell schon mal ein Zimmer für mich! Wann soll ich bei euch sein?

»Wenn du kannst, so gegen 18:00 Uhr, das gibt uns etwas mehr Zeit, gemütlich zu essen, bevor wir uns dem Grund deines Kommens zuwenden. Bärbel wird mit uns gemeinsam essen. Ich freue mich, trotz des tragischen Anlasses, schon auf heute Abend.«

»Mach's gut, du, bis heute Abend!«

Ich bedankte mich bei meinem Kommandeur und verließ, nachdem ich mich gleich zu einer Fahrt zu den beiden fliegenden Staffeln abgemeldet hatte, sein Büro.

Im Vorzimmer gab mir Fräulein Jansen geschwind die Urschrift unseres Rundschreibens 23, die sie schon in aller Frühe geschrieben hatte, bevor ihr Dienst begann, Ordnung musste schließlich sein. Mit Tränen in den Augen sagte sie: »Toll, danke!« Sie war Bronco sehr zugetan gewesen.

Mein seit kurzem ständiger Begleiter – »Kloß im Hals« – meldete sich auch jetzt wieder zur Stelle.

»Ach, Maverick«, rief sie hinter mir her, »hier ist auch noch Ihr Schreiben an den Petitionsausschuss«, sie gab mir das Schreiben und die Durchschläge.

Auf meiner Fahrt zum Flugplatz stoppte ich kurz hinter dem Rathaus in Leck, gab das Rundschreiben 23 bei dem Gemeindeangestellten ab, der für die Kopiermaschine zuständig war und den Sunshine gut kannte, und bat ihn um die Fertigung von 45 Kopien. Ich würde sie kurz vor 12:00 Uhr abholen.

Nachdem ich meine Dienstgeschäfte auf dem Flugplatz beendet und auch die Kopien abgeholt hatte, parkte ich vor unserem Stabsgebäude, ging dann jedoch zum Nebenblock, in dessen Keller eine feudale Saunaanlage untergebracht war, das »Denkmal« des Oberst von Rhon, unseres vorherigen Kommodores.

In dieser Sauna verbrachte ich häufig meine Mittagspausen. Wir, Bärbel, die Kinder und ich, aßen lieber abends gemeinsam zu Hause.

Nach der Saunazeit verbrachte ich den Nachmittag in meinem Büro. Obwohl ich eigentlich viel Arbeit gehabt hätte, tat ich wenig, ich konnte nicht richtig Tritt fassen. Die unterschiedlichsten Gedanken und Stimmungen jagten einander. Überpünktlich beendete ich meinen Dienst und fuhr nach Hause.

Bärbel kam vom Esstisch her – wo sie letzte Vorbereitungen getroffen hatte – zu uns an die Bar und bat uns zu Tisch.
Devil und Sunshine waren gegen 17:30 Uhr eingetroffen, wir hatten die Rundschreiben eben unterzeichnet, als Karl-Heinz kam. Nach dessen Begrüßung hatten wir uns zu unserer Bar begeben und alle waren meiner Einladung gefolgt, vor dem Essen einen trockenen Sherry zu trinken. Es entspannen sich angenehme Small Talks, wir alle hatten diese kurze Pause nötig.
Mittlerweile war es 19:00 Uhr geworden.
Während des Essens wurden die Gesprächskreise immer enger um unser zentrales Thema gezogen, ohne allerdings dem Kern zu nahe zu kommen, wohl aus Rücksicht auf Bärbel.
Das Essen fanden alle köstlich, besonders Karl-Heinz. Bärbel hatte es ausgewählt, weil sie wusste, wie sehr Karl-Heinz dafür schwärmte. Wir hatten als Vorspeise Lothringer Leberpastete auf Toast, als Hauptgericht Schollenfiletröllchen in Krabbensauce mit Spargel, Reis und Blätterteigstänglein. Dazu einen feinherben Eltviller Sonnenberg Riesling – halbtrocken. Danach gab es eine Schweizer Käswehe, dazu einen vollmundigen, ebenfalls halbtrockenen roten Côtes du Roussillon.
Als der Rotwein zur Neige ging, sagte uns Bärbel, der Kaffee für uns stehe bereits auf dem Couchtisch in der Sitzecke.
Wir erhoben uns, Karl-Heinz bedankte sich bei Bärbel herzlich für das feine Essen, wir schlossen uns an. Im Wohnzimmer nahm Karl-Heinz in einem der beiden Sessel Platz, Devil und Sunshine setzten sich auf die geräumige Eckcouch. Hinter der Bar hatte ich auf einem kleinen Messingtablett bereits bretonischen Calvados, Grappa und Armagnac bereitgestellt.
Als alle wunschgemäß versorgt waren, erhob ich mein Glas und bat um Gehör: »Karl-Heinz, es ist uns eine Freude und natürlich auch eine enorme Erleichterung, dass du so rasch kommen konntest und heute hier bist, herzlichen Dank! Ich möchte euch in Kurzform, ohne auf Wesentliches zu verzichten, den neusten Stand mitteilen.
Zunächst meine verbindliche Zusage, dass ich sowohl die Federführung für unsere Aktion als auch Broncos Petitum beim Deutschen Bundestag übernehmen werde. Meine Bitte: Wir sollten alle zukünftigen Rundschreiben, beginnend mit dem Rundschreiben 23, gemeinsam unterzeichnen. Dieses Rundschreiben wird von grundsätzlicher Bedeutung für eine erfolgreiche Fortsetzung unserer Arbeit

sein und innerhalb der Luftwaffe viel Staub aufwirbeln. Ich schlage vor, dass du, Karl-Heinz, zunächst dieses Rundschreiben liest.«

Karl-Heinz las, wie üblich, zweimal. Als er hochsah, schaute er mich an, dann Devil und Sunshine: »Respekt, damit werdet ihr eine Menge in Bewegung bringen.«

Dann begannen wir drei nach und nach Karl-Heinz zu sagen, was uns bewegte, welche Auswirkungen Broncos Tod auf uns und unsere Aktion hatte, wo unsere Erwartungen hingingen und welche Ängste uns bewegten. Karl-Heinz machte sich Notizen, stellte Fragen. Wir versuchten, unsere Vermutungen über den Hergang von Broncos Unfall zu begründen, mit den spärlichen Tatsachen, die wir wussten, zu belegen. Und immer wieder beschäftigte uns die Frage, wieso unsere Führung uns so absolut im Dunkeln ließ über Einzelheiten des Unfallherganges.

Gegen 01:30 Uhr fanden wir, es sei alles für heute Wesentliche gefragt und gesagt. Wir verabschiedeten uns. Karl-Heinz sagte, er werde für nächsten Montag einen Artikel schreiben!

Devil und Sunshine waren schon auf dem Weg, als ich Karl-Heinz noch rasch fragte, ob er, möglichst bald, wieder in Hamburg sein würde, ich müsste dringend noch eine Sache loswerden. »Wichtig?«, fragte er.

»Sehr, sonst würde ich doch nicht fragen«, sagte ich sehr ernst. »Nächste Woche?«

»Wäre gut, ich ruf noch an!«

Bärbel war schon zu Bett gegangen.

Zurück im Wohnzimmer, ließ ich mich in meinen Sessel fallen. Ich fühlte mich gequält, eingekeilt in Sachzwänge. Bronco war gerade zwei Tage tot, überall war er noch präsent, ohne wirklich da zu sein. Das unabdingbare Sichloslösen, die Trauer, auch die Leere. Meine Seele versuchte sich aufzubäumen, war dem enormen Druck des Geistes aber nicht gewachsen, der diktierte, was zu geschehen hatte.

Und was würde denn geschehen? Sicher, wir waren, wie alle anderen auch, in eine Situation gestoßen worden, die völlig unvorhersehbar gewesen war. Die Vielschichtigkeit und Komplexität der aktuellen Probleme ließen deren möglichst korrekte Beurteilung in der kurzen Zeit, die bis zu notwendigen Reaktionen zur Verfügung stand, kaum zu.

Gut, wir hatten beschlossen weiterzumachen, Broncos Petitum offiziell zu übernehmen und fortzuführen. Aber würden unsere Vorgesetzten, bis hinauf zu unserem Inspekteur, tatenlos mit ansehen, wie wir Broncos Fackel aufnahmen und weitertrugen? Sie würden es nicht! Nicht nach allem, was sie Bronco zugemutet und angetan hatten.

Bronco, der für sie mittlerweile fast Berechenbare, war tot.

Wir waren für viele, die sich bislang um unsere Aktion zu kümmern hatten, neu. Natürlich würden sich die kleinen Angeber und Wichtigtuer aus dem Bereich der Aufsteiger in unserem Umfeld lautstark oder auch hinter dem Rücken flüsternd zu Wort melden, mit Ratschlägen, wie wir zu packen seien. Weiter oben jedoch würde man sachbezogener und mit mehr Bedacht reagieren und ein Netz von dienstlichen Zusatzaufträgen über uns auszubreiten versuchen, um uns erst gar nicht zur Entfaltung kommen zu lassen.

Wir mussten ausweichen in die Grauzone zwischen strangulierender Macht und schützendem Recht und zwar rasch.

Wieder dieser Zeitdruck!

Ich atmete tief durch.

Ich musste Broncos Petitum erneut vorlegen und zwar beim frisch gewählten 8. Deutschen Bundestag, nachdem der 7. zu Ende der letzten Legislaturperiode alle anhängigen Eingaben, also auch unsere, routinegemäß für erledigt erklärt hatte.

Die erneute Vorlage musste mit möglichst umfassender Darstellung in den TV- und Print-Medien erfolgen, nur darauf kam es diesmal an. Und auch der »neue« Petent würde, sobald sein Antrag vorläge, weitestgehend unangreifbar sein!

Was auch immer unser Rundschreiben 23 bewirken würde und was auch immer Karl-Heinz im »Reflektor« veröffentlichen würde, wir, in diesem Falle ich, durften wirklich keine Zeit verlieren.

Von Vorteil für mich war, dass bis zum kommenden Montag niemand wissen würde, dass es ein Rundschreiben 23 geben und dass der »Reflektor« über Broncos Unfalltod schreiben würde. Bis beide Vorgänge unseren einflussreichen Führungsoffizieren bekannt sein würden, läge mein Antragschreiben beim Vorsitzenden des Petitionsausschusses vor, ich wäre dann Petent, mit allen Konsequenzen.

Ohne Vorwarnung sprangen meine Gedanken um auf die alles überlagernden Fragen zum eigentlichen Unfallhergang von Broncos Unfall. All meine Erfahrungen aus dem Umgang und Zusammenleben mit Menschen sagten mir, dass zwischen dem, was wir glauben sollten, und dem, was wir bisher wussten, Widersprüchlichkeiten bestanden, die eher zunahmen, anstatt sich auflösen zu lassen, durch zusätzliche Informationen, die wir ohnehin nur äußerst spärlich und unter großen Anstrengungen bekommen konnten. Anfängliche Wut wurde zunehmend überlagert von Beklemmungen, Furcht, Ohnmacht; was ging hier vor sich? Und immer wieder die Frage nach dem Warum.

War die aufrichtige und ehrliche Darlegung aller Fakten und Umstände, die zu Broncos Tod geführt hatten, etwa gefährlich und wenn ja, für wen?

War Unrecht geschehen, hätten Befehle nicht erteilt werden dürfen, war Fahrlässigkeit im Spiel?

Ich schwor mir erneut, alles mir Mögliche zu tun, um Antworten zu erhalten.

Beunruhigt und erschöpft ging ich zu Bett, ein paar Stunden Schlaf hatte ich bitter nötig.

Der Tag der Trauer
Freitag, den 26. 03. 1976 (X + 3 Tage)

Die dienstliche Trauerfeier für Bronco war für 12:00 Z Uhr angesetzt worden. Pünktlich um 07:30 Uhr hatte ich mich wie alle anderen Besatzungsmitglieder des Geschwaders zum alltäglichen Briefing im großen Briefingraum eingefunden, der sich in einer Werfthalle der Instandsetzungsstaffel befand.

Der Kommandeur der Fliegenden Gruppe, Oberstleutnant Angelo, meldete dem eintretenden Kommodore die Anwesenheit der Besatzungen. Nach dem Flugbetriebsbriefing, alltägliche Routine, ergriff der Kommodore kurz das Wort. Er teilte den Anwesenden mit, der Divisionskommandeur treffe um 11:00 Z Uhr ein, um die Trauerfeier für Bronco abzuhalten. Antreten der Fliegenden Gruppe sei für 11:45 Z Uhr befohlen, ihm sei die Fliegende Gruppe um 11:50 Z Uhr zu melden. Dann verließ er grußlos den Briefingraum. Eiszeit!

Unser Gruppenkommandeur versuchte den Ton des Kommodore zu treffen, als er sagte: »Die 501. Staffel ist heute verantwortlich für die Betreuung der Gastbesatzungen. Ich erwarte, dass alles vorbildlich und reibungslos abgewickelt wird. Bei Gesprächen mit den Gastbesatzungen ist, was Broncos Flugunfall angeht, die gebotene Zurückhaltung zu wahren, um Spekulationen und etwaigen Gerüchten keinen Vorschub zu leisten. Die Einheitsführer melden mir ihre Einheiten, angetreten in der Werfthalle Ost, um 11:40 Z Uhr. Die Offiziere und das Stabspersonal des Stabes der Fliegenden Gruppe treten um 11:35 Z Uhr an, der dienstälteste Stabsoffizier meldet mir den Stab ebenfalls um 11:40 Z Uhr.«

Er verließ ebenfalls grußlos den Briefingraum, das Briefing war damit beendet, die Anwesenden begaben sich zu ihren jeweiligen Dienststellen.

Da ich fliegerisch zur 501. Staffel gehörte, ging ich dorthin. Die Lounge war bevölkert mit den Besatzungen, deren Aufenthalts- und Speiseraum sie war. Einen großen Becher mit Kaffee in der Hand, gesellte ich mich zu einigen jungen Offizieren an einem der Stehtische. Sofort bestürmten sie mich mit Fragen.

Würden wir weitermachen, wer würde weitermachen?

Beschwichtigend teilte ich ihnen mit, dass es mit Sicherheit weitergehen würde.

Einzelheiten enthalte ein neues Rundschreiben, die Nummer 23, das wie bisher verteilt werde. Weiteres könne ich zurzeit noch nicht sagen.

Ich trank meinen Kaffee aus und ging in den Staffelgefechtsstand. Dort schaute ich auf das große Einsatzbord. Da standen sie alle aufgereiht, 18 Flugzeuge waren angemeldet. Mir liefen Schauer über den Rücken, was für eine Demonstration der Hochachtung für Bronco und der Trauer um seinen Tod!

Nachdenklich verließ ich den Gefechtsstand.

Auf dem Weg zurück in die Lounge begegnete ich Kommandeur Angelo, der mich sofort ansprach:

»Ich habe gehört, Sie wollen versuchen weiterzumachen mit dieser Aktion Fliegerzulage?«

»Dies ist nicht ganz korrekt, Herr Oberstleutnant, ich habe gesagt, dass wir weitermachen, und ich wäre enttäuscht, wenn Sie von mir etwas anderes erwartet hätten.«

Er ließ mich einfach stehen, auch gut.

Auf meinem Weg zur Lounge beschloss ich, das Rundschreiben 23 erst nach der Trauerfeier zu verteilen und dann auch erst unmittelbar vor den Abflügen der Gastbesatzungen.

Kaum war ich in der Lounge angekommen, ereilte mich ein Telefonanruf, es war Oberstleutnant Angelo: »Maverick, übernehmen Sie doch die Abwicklung der Betreuung der Gastbesatzungen, bis heute Nachmittag die letzte Maschine wieder gestartet ist! General von Brunoh wird natürlich von unserem Kommodore begleitet, seinen Flugzeugführer übernehmen aber Sie. Fragen?«

»Nein, Herr Oberstleutnant, keine Fragen. Ich übernehme die Betreuung der Gastbesatzungen, bis das letzte Flugzeug gestartet sein wird.«

Eigentlich war nach der Trauerfeier Dienstschluss befohlen. Dies galt jedoch nicht für alle Dienste, die erforderlich waren, um die Durchführung eines reibungslosen Flugbetriebes sicherzustellen, und nun also auch für mich nicht. Sicherlich ungewollt hatte mir mein Kommandeur gerade die Möglichkeit eingeräumt, hochoffiziell bei den Kameraden sein zu können, die zur Teilnahme an der Trauerfeier einfliegen würden. Dies gab mir Gelegenheit zu Gesprächen und auch zum Verteilen des Rundschreibens 23, ohne dass ich möglichen unangenehmen Fragen ausgesetzt sein würde.

Nachdem ich Fräulein Jansen angerufen und ihr mitgeteilt hatte, dass und weshalb ich bei der 501. Staffel bleiben würde, ging ich erneut zum Staffelgefechtsstand. Dort erteilte ich dem diensttuenden Einsatzstabsoffizier den Auftrag, mir jeweils mitteilen zu lassen, sobald ein Gastflugzeug gelandet sei. Zudem solle er sicherstellen, dass genügend Line-Taxis zur Verfügung stünden, um die gelandeten Besatzungen abzuholen und später dann zur Trauerfeier zur Werfthalle-Ost zu bringen, ich sei in der Lounge.

Dort trank ich einen weiteren Kaffee, sicher nicht den letzten für diesen Tag. Etwas zu essen wäre mir nicht bekommen. Kurze Zeit später kamen die ersten Gäste.

Ich hatte den Briefingraum der 501. Staffel zum Umkleideraum für unsere Gäste bestimmt, hier war genügend Platz für alle. Alte Bekannte begrüßten einander mit gedämpfter Herzlichkeit, Junge lernten einander kennen.

Für alle stand Essen in der Lounge bereit, einige machten Gebrauch davon. Alle wurden durch mich offiziell im Namen unseres Kommodores förmlich und durch mich als einen der verbliebenen drei unserer Arbeitsgruppe aufrichtig herzlich willkommen geheißen und alle bat ich, vor ihrem Abflug ihre Exemplare des Rundschreibens 23 für ihre Staffeln mitzunehmen. Um 11:15 Z Uhr begaben wir uns zu den wartenden Line-Taxis.

11:34 Z Uhr.

Wir, die Offiziere und Soldaten des Stabszuges der Fliegenden Gruppe, waren in der Gesamtformation, die zur Trauerfeier anzutreten hatte, an der dafür vorgesehenen Position angetreten. Unser stellvertretender Kommandeur ließ uns stillstehen und meldete unserem Kommandeur den Stab der Fliegenden Gruppe als angetreten zur Stelle. Danach meldeten die Staffelkapitäne der 501 und der 502 ihre Staffeln ebenfalls als angetreten zur Stelle. Unser Kommandeur ließ die Gruppe den Blick in Richtung Kommodore wenden und meldete diesem, die Fliegende Gruppe sei zur Trauerfeier angetreten.

Draußen erklang getragene Marschmusik. Das Luftwaffenmusikkorps, das zur Mitdurchführung des Trauerappells anwesend war, marschierte in die Halle ein, gefolgt von der Ehrenformation, die zu beiden Seiten von Broncos Sarg Aufstellung nehmen würde.

Broncos Sarg war im Zentrum der Halle aufgebahrt, bedeckt mit einer Flagge unserer Bundesrepublik, für die er, wie es später heißen würde, in Ausübung seines Dienstes gestorben sei.

Einer mehr von uns,

allzu viele vor ihm

und es würden ihm weitere folgen müssen!

Auf der Flagge über dem Sarg lag, symbolisch, ein Fliegerhelm.

Die Ehrenformation hatte ihren Platz eingenommen.

Das Musikkorps war in das freie Feld der bestehenden Formation eingetreten, die nun ein offenes Karree bildete.

Unser Divisionskommandeur, General von Brunoh, betrat, klein und gedrungen wirkend, die Werfthalle durch das weite Hallentor, begleitet von unserem sonst so quirligen, noch kleineren Kommodore, der offenbar Mühe hatte, den schleppenden Schritten General von Brunohs nicht zuvorzukommen.

Unser Kommandeur ließ uns eine erneute Blickwendung in Richtung des Generals durchführen und meldete die Formation zum Trauerappell angetreten. Der General beauftragte ihn, die Augen geradeaus nehmen und rühren zu lassen. (Dies bedeutete, dass die angetretenen Soldaten nicht mehr in eine vorgegebene Richtung zu schauen hatten und sich in einem genau bestimmten, engen Rahmen bewegen – »rühren« – durften.)

General von Brunoh ging gemessenen Schrittes auf das Rednerpult zu, das, zum Sarg gewandt, wenige Meter vom Hallentor entfernt war. Nachdem er dort angekommen war, verhielt er schweigend einige Sekunden und begann dann mit seiner Trauerrede.

Man wusste, von Brunoh hatte Bronco nicht gekannt und er schien nach besten Kräften bemüht, dies unter Beweis zu stellen.

Keine Würdigung der besonderen Leistungen des Flugzeugführers Bronco, der über 3500 Flugstunden absolviert hatte!

Keine Würdigung des Majors Bronco, der ein kritischer, jedoch stets treuer Offizier gewesen war, in Haltung und Pflichterfüllung ein Beispiel gebend!

Keine Würdigung des Menschen Bronco, der durch und durch Demokrat gewesen war! Ein guter Kamerad, ein treuer Freund, auch Sohn, Bruder, er selbst.

Von Brunoh konnte, ja, durfte man diesen Affront gegen die Lebenden nicht anlasten. Diejenigen, die ihn kannten, meinten, er habe keine Kanten, kein Profil. Irgendwann sei er, im frühen Stadium seiner militärischen Laufbahn, nach oben geschwemmt worden. Man sagte, sein Gewissen sei noch rein, er benutze es nie. Ihm eigen sei allenfalls eine gewisse Zwergenbosheit, wenn es um seine Schönheit gehe. Wie Eitle sei er selbstverliebt, er glaube stets, am rechten Fleck zu sein, ohne begründen zu können, weshalb. Wer auch immer ihm diese Rede geschrieben hatte, gehörte von jedem der anwesenden fliegenden Offiziere geohrfeigt.

Aus den Lautsprechern ertönte Stille, die guttat.

General von Brunoh hatte soeben seine Trauerrede beendet.

Unser Kommandeur befahl auf Geheiß des Generals: »Stillgestanden!«

Der Stabstrompeter trat aus der Formation, marschierte, wie von unsichtbarer Hand gelenkt, jeweils rechtwinklig schwenkend, vor den Sarg.

Die Ehrenformation salutierte befehlsgemäß.

Draußen ging ein frischer Wind, kalte Winterluft fegte durch das offene Hallentor zu uns herein.

Die glasklare, glockenreine Stimme der Trompete erhob sich klagend, als der Stabstrompeter das Lied spielte:

»Ich hatt' einen Kameraden,
einen besseren findest du nicht.«

Schauer jagten über meinen Rücken, Tränen stiegen in mir hoch, füllten meine Augen …

Meine rechte Hand lag, wie befohlen, zum Gruß am Schild meiner Schirmmütze, ein letzter Gruß seiner Fliegerkameraden an Bronco!

Stille.

Der Stabstrompeter marschierte zurück an seinen Platz.

Das Musikkorps intonierte einen alten preußischen Trauermarsch.

Gefolgt von unserem Kommodore, schritt General von Brunoh schleppend, sein Schrittmaß dem getragenen Marsch anpassend, zum Musikkorps hinüber und begann dort mit dem Abschreiten der Front, die ihn grüßenden Offiziere zurückgrüßend, so für sein Amt Achtung und für sich Respekt einfordernd. Als er meine Position passierte, sah er alt, grau, eingefallen aus. Er spürte wohl, dass er von nichts weiter entfernt war als von Achtung und Respekt.

Das Abschreiten der Front war beendet, den Einheiten wurde »Wegtreten« befohlen.

Ich verharrte einige Augenblicke an meinem Platz. Dann ging ich geradlinig und festen Schrittes hinüber zu Broncos Sarg. Dort nahm ich meine Schirmmütze ab, klemmte sie unter meinen linken Arm, sprach ein kurzes Gebet, verabschiedete mich auf diesem Wege von Bronco. Zu seiner Beerdigung nach Wiesbaden würde ich nicht fahren. Die zurückliegenden Jahre, Jahre der Unfälle, der Trauerfeiern, der Beerdigungen, der Trauer, hatten mich dünnhäutig werden lassen.

Die Gastbesatzungen, die gemeinsam mit mir zurückfahren sollten, hatten vor dem Fahrzeug gewartet, meine Geste am Sarg beobachtet. Als ich nun zu ihnen stieß, drückten sie mir nacheinander stumm die Hand.

In der Lounge der 501. Staffel verabschiedete ich mich von den jeweils Abfliegenden, ihnen ihre Exemplare unseres Rundschreibens 23 aushändigend. Einer von ihnen, ein Oberstleutnant im Generalstab von einem Verband in Süddeutschland, der sein Dienstverhältnis in BO-40 umgewandelt hatte, weil er aus der Luftwaffe rauswollte, und der kurz vor seiner Versetzung in den Ruhestand stand, kam nochmals zurück, sah mich an und sagte: »Schade, dass wir uns vorher nie begegnet sind, ich habe große Hochachtung vor dem, was Bronco und Sie da für uns alle getan haben und Sie ja noch weiter tun wollen! Bitte seien Sie vorsichtig, das System duldet keine Abweichler!«

»Vielen Dank«, erwiderte ich, »es tut gut, so etwas zu hören, passiert nicht oft! Kommen Sie gut nach Hause, Hals- und Beinbruch und alles Gute für Ihre Zukunft!«

Die Tür der Lounge schloss sich hinter ihm, ich war allein, allein mit mir, meinen Gedanken und den verbliebenen Rundschreiben für unsere beiden Staffeln, die ich erst am Montagmorgen verteilen würde.

Nachdem das letzte Gastflugzeug abgehoben hatte, General von Brunoh war als Vorletzter gestartet, nahm ich meine Tasche, meldete mich im Gefechtsstand ab und fuhr nach Hause.

The Race is on!
Montag, den 29. 03. 1976 (X + 6 Tage)

Double Impact

Pünktlich um 07:00 Uhr – unser Kaufmann im Dorf öffnete schon um 07:00 Uhr, um die Fahrschüler mit ihren Pausenbroten und dergleichen versorgen zu können – betrat ich den überschaubaren Verkaufsraum unseres Krämerladens und holte mein Exemplar der neuen Ausgabe des »Reflektor« ab, das ich sicherheitshalber schon am Samstag vorbestellt hatte.

Um 08:00 Uhr musste ich beim Briefing sein, noch Zeit genug, um den »Reflektor«-Artikel lesen zu können, den Karl-Heinz für heute angekündigt hatte. Ich eilte zu meinem PKW und nahm darin Platz. Seite 99, sagte mir das Inhaltsverzeichnis. Ich blätterte rasch bis zu dieser Seite und begann zu lesen.

DER REFLEKTOR, Nr. 14/1976
LUFTWAFFE
Aktion Zulage

Der Tod eines Jet-Piloten verbreitet Unruhe unter den Flugzeugführern: War Stress die Absturz-Ursache?

Um 08:50 Uhr am Dienstag vergangener Woche starteten Langermann und sein Kampfbeobachter Brüderle auf dem nordfriesischen Fliegerhorst Leck zu einer »Playboy-Mission«, wie es im NATO-Kode heißt. Sie sollten »Ziel spielen« für die in Norddeutschland stationierten Radar-Raketen- und Jagdfliegerverbände.

Um 09:00 Uhr stürzte ihre Maschine, eine RF-4 E »Phantom«, am Südostzipfel der Insel Spiekeroog ins Wattenmeer und versank. Die beiden Flieger gingen 15 Kilometer südlich in der Nähe des Dörfchens Altgarmssiel mit dem Fallschirm nieder. Langermann war tot, Schädelbasisbruch, Brüderle schwer verletzt.

Die Luftwaffen-Führung in Bonn ordnete eine beschleunigte Untersuchung der Ursache und des Unfallherganges an – aus Furcht vor Protesten und Gerüchten. Denn der Absturz Langermanns ist kein Routinefall.

Der mit mehr als 3500 Flugstunden überaus erfahrene Pilot war für die Chefmilitärs auf der Bonner Hardthöhe ein äußerst unbequemer Untergebener: Als Wortführer der Jet-Flugzeugführer hatte er seit über zwei Jahren in Dutzenden von Eingaben an Vorgesetzte und Abgeordnete für eine Erhöhung der seit 1963 unveränderten Fliegerzulage von 300 Mark monatlich gestritten.

In einer Eingabe an den Bundestag begründete Langermann seine Forderung damit, dass seit 1967 durch neue Einsatzverfahren und größere Luftverkehrsdichte die »Belastungen der Besatzung strahlgetriebener Kampfflugzeuge um das Zwei- bis Zweieinhalbfache gestiegen« seien. Von seinen Chefs musste sich der Phantom-Flieger wegen solch kritischer Anmerkungen mehrfach rügen lassen.

Nun soll eine möglichst rasche und präzise Ermittlung der Unfallursache dem Verdacht vorbeugen, Langermann sei womöglich Opfer der von ihm kritisierten Überlastung der Jet-Piloten geworden. Doch bis zum Wochenende waren die Spezialisten nur auf Vermutungen angewiesen: Das Flugzeug ist im Watt versunken, und Langermanns Begleiter Brüderle, mit mehreren Knochenbrüchen und inneren Verletzungen im Krankenhaus, stand noch so stark unter Schockwirkung, dass er nicht zusammenhängend aussagen konnte.

Vermutung eins: Die Phantom ist beim Tiefflug in einen Vogelschwarm geraten; dabei ist das Kabinendach zertrümmert und Langermann so schwer verletzt worden, dass er die Kontrolle über das Flugzeug verlor. Brüderle erinnert sich nur bruchstückhaft an einen »Zusammenstoß«; er habe gesehen, dass der Pilot die Maschine steil nach oben zog und dann regungslos in den Gurten hing. Darauf habe er Langermann und sich selbst mit dem Schleudersitz aus der Maschine katapultiert.

Vermutung zwei: Bronco, durch 28 Flugstunden in den letzten drei Wochen und durch den Dauerzwist mit seinen Vorgesetzten gestresst, hat bei den riskanten Tiefflugmanövern für Sekunden das Bewusstsein verloren oder einen Kreislaufkollaps erlitten.

Für diese These könnte sprechen, dass Langermann in den letzten Tagen vor dem Absturz mehrere Male über Schlaflosigkeit und Erschöpfung geklagt hatte; Symptome, die zusammen mit der Einsatzbelastung ein zusätzliches Risiko bedeuten. Denn bei Tiefflügen in 250 Meter Höhe mit einer Geschwin-

digkeit von über 800 Stundenkilometern erreichen laut fliegerärztlichen Gutachten schon völlig Gesunde »die Grenzen menschlichen Vermögens«.

Der am Donnerstag zum Rapport nach Bonn bestellte Geschwaderkommodore und sein Fliegerarzt wiesen den Verdacht, Kritiker Langermann sei zur »Straffliegerei« eingesetzt worden, jedoch scharf zurück. Bronco habe in diesem Jahr mit 58 Stunden zwar überdurchschnittlich viele Einsätze leisten müssen, sich aber weder krank gemeldet noch beschwert.

Langermanns Geschwaderkameraden Seydel, Heinersen und Martin hingegen hegen einen bösen Verdacht: Langermann sei nur deshalb so oft in die Luft geschickt worden, damit er keine Zeit fände, sich weiter um die »Aktion Fliegerzulage« zu kümmern. In einem Rundschreiben an alle Jet-Piloten lobten sie vorige Woche: Obwohl »der Stil des Vorgehens gegen ihn unmenschlich« geworden sei, habe Langermann »vorbildliche Zivilcourage« bewiesen.

Der tote Protest-Pilot hat inzwischen einen Nachfolger gefunden. Seydel teilte dem Bundestag mit, er übernehme nun auf seinen Namen die bisher unveröffentlichte Zulagen-Petition, die Langermann kurz vor seinem Absturz nach Bonn geschickt hatte. Kernsatz des Acht-Seiten-Schriftstückes: »Es wird von mir – und nicht nur von mir – verlangt und erwartet, dass ich in den unüberwachbaren Phasen der Einsätze den vielfältigen Versuchungen widerstehe, den an der physischen Leistungsgrenze liegenden Belastungsgrenzen und den an der psychischen Grenze des Zumutbaren liegenden Risiken der Einsätze auszuweichen. Dies bedarf eines hohen Maßes an positiver Motivation, die in unserer Leistungsgesellschaft dauerhaft nur durch eine sozial wirksam verdeutlichte Anerkennung erhalten werden kann.«

Am Freitag letzter Woche versammelte Seydel in Leck die Jet-Offiziere um sich, die aus allen deutschen Geschwadern zur Trauerfeier für den populären Zulagen-Streiter Langermann angereist waren. Die Kameraden waren sich einig. Seydel: »Wir machen weiter.«

Instinktiv spürte ich die Brisanz dieses Artikels. Seine Wirkung würde nicht lediglich eine Reduplikation der Wirkung des Rundschreibens 23 sein. Die Bündelung würde eine enorme Schubkraft freisetzen, der Senkrechtstart war perfekt, nichts bei unserer Aktion würde je wieder so sein, wie es jetzt noch war, am 29. 03. 1976 um 07:21 Uhr.

07:21 Uhr, es war höchste Zeit loszufahren, ich musste pünktlich zu Beginn unseres Briefings anwesend sein. Unsere beiden Staffeln hatten das Rundschreiben noch nicht und ich wollte es unbedingt verteilt wissen.

Beim Betreten des Briefingraumes traf ich auf Wulfskin, dem ich sogleich die Rundschreiben-Exemplare für die 502. Staffel gab, sie bei ihm in guten Händen wissend. Redhawk, einem geradlinigen jungen Oberleutnant, vertraute ich die Exemplare für die 501. Staffel an. Dann begab ich mich zu meinem Platz in der 2. Reihe des Briefingraumes.

Mein Kommandeur Angelo betrat den Briefingraum, rief uns zur Achtung und meldete dem eintretenden Kommodore die Anwesenheit der fliegenden Besatzungen zum Briefing. Völlig unerwartet – es war 08:03 Uhr – unterbrach der eintretende Kommandeur der Technischen Gruppe das Prozedere, indem er dem Kommodore meldete, General Bomberg, der Inspekteur der Luftwaffe, verlange ihn am Telefon. Wortlos eilte der Kommodore aus dem Briefingraum. Nach einer Schrecksekunde, ich musste innerlich feixen, befahl uns unser Kommandeur, Platz zu nehmen, und dann den Beginn des Briefings. Mitten in das Wetterbriefing platzte der Kommandeur Technik erneut herein, mit dem Befehl des Kommodore, unser Kommandeur, sein Stellvertreter und der Sicherheitsstabsoffizier sollten sich unverzüglich bei ihm melden. Der dienstälteste Staffelkapitän erklärte schließlich das Briefing für beendet und entließ die Anwesenden zu ihren Staffeln. Der erste Schritt ins Chaos dieses Tages war getan.

Um allen die erforderliche Zeit zu geben, sich in der aktuellen Situation zurechtzufinden, auch, sich mit den Inhalten des Rundschreibens 23 und des »Reflektor«-Artikels vertraut zu machen, beschloss ich, nicht – wie gewohnt – zum Frühstück zur 501. Staffel zu fahren, sondern zu meinem Büro, ich würde also für circa eine halbe Stunde nicht erreichbar sein, und zwar für niemand.

Als ich mich im Stabsgebäude bei Fräulein Jansen, der Vorzimmerdame Oberstleutnant Angelos, als anwesend meldete, sagte sie: »Gott sei Dank, da sind Sie ja endlich, der Inspekteur hat telefonisch schon zweimal nach Ihnen gefragt! Sie sollen sofort zurückrufen. Und unser Kommodore muss sofort nach Köln-Wahn fliegen und sich bei General Czepanski melden. Unser Kommandeur vertritt so lange den Kommodore, ich dachte, Sie sollten dies wissen, bevor Sie bei General Bomberg anrufen.«

Ich reichte ihr den »Reflektor«, sagte: »Seite 99«, und hob den Hörer ihres Telefons ab. Dann wählte ich eine bestimmte Nummer, bekam eine NATO-Vermittlung und über eine weitere Schaltstelle den Anschluss des Inspekteurs.

Seine Vorzimmerdame stellte mich verzugslos durch. »Bomberg«, seine Stimme klang wie ein tiefgekühltes Reibeisen.

»Maverick«, meldete ich mich, »Herr General, ich sollte mich bei Ihnen melden!«

»Maverick, sind Sie von allen guten Geistern verlassen, was haben Sie sich denn dabei bloß gedacht?«, kam es schneidend aus dem Hörer.

Das war Bomberg, wie er leibte und lebte. Wir kannten uns aus der Zeit, als ich in Husum Jagdbomberpilot in seinem Geschwader und einige Zeit sein Ordonanzoffizier gewesen war. Er war durch und durch Macht-Offizier, für mehr Macht war er bereit, alles zu geben, ja Wüsten zu durchqueren. Selbst einer Fata Morgana, die ihm mehr Macht verhieß, folgte er, begierig darauf, sein Ziel zu erreichen. Er vermied peinlichst, etwa den Eindruck zu erwecken, es könnte für ihn auch noch etwas anderes geben als seinen Aufstieg in höchste Führungspositionen. Gelegentlich gab er sich in engen Grenzen jovial, scherzte gar sparsam. Menschliche Regungen – und auch er hatte sicher welche – traten weder in seinem Gesicht noch in seiner Haltung je zutage. Die Seilschaft, die heutzutage an ihm hing, war stark und durchsetzte die Luftwaffenhierarchie auf allen Ebenen.

»Herr General, ich habe letzten Donnerstag beim Deutschen Bundestag offiziell Broncos Petitum übernommen. Mit dem Nachruf für Bronco in unserem Rundschreiben 23 haben wir, also auch ich, zum Ausdruck gebracht, was uns bewegt. Zu beidem stehe ich uneingeschränkt und ich hoffe, Sie, Herr General, haben von mir auch nichts anderes erwartet. Mein Kommodore wurde heute Morgen unverzüglich zu General Czepanski befohlen. Gestatten Sie, Herr General, mir, bei allem gebotenen Respekt, hierzu eine Feststellung?« Ich pausierte.

»Na los!«

»Sollte General Czepanski, mit seinem voluminösen, psycho-physischen Imponiergehabe, den Versuch unternehmen mich unter Druck zu setzen, werde ich mich unverzüglich an den Vorsitzenden des Petitionsausschusses des Bundestages und an die Medienredaktionen wenden.«

»Halt, Maverick, ich rede hier nicht von irgendeinem Ihrer Rundschreiben, das ich nicht kenne, sondern von dem ›Reflektor‹-Artikel, der heute erschienen ist und in dem Ihre beiden Kameraden und Sie namentlich genannt werden.«

»Herr General, Sie wissen sehr wohl, dass der ›Reflektor‹ nach eigenen Gesetzmäßigkeiten agiert. Es ist richtig, dass wir, also auch ich mit unserer Aktion weitermachen werden, wie wir vom ›Reflektor‹ zitiert werden. Ich habe Broncos Petitum übernommen und dies meinem Kommandeur, Oberstleutnant Angelo, auch gemeldet. Alle anderen Aussagen in besagtem ›Reflektor‹-Artikel geben die Sichtweise des verantwortlichen Redakteurs wieder und können auch nur dort hinterfragt werden.«

»Sie werden sich vorerst zu meiner Verfügung halten und zwar am Telefon Ihres Kommandeurs, ist das verstanden worden?« Bombergs Stimme klang so, als sei er in einer schrecklichen Verfassung, und ich war heilfroh, nicht in seiner unmittelbaren Umgebung sein zu müssen.

»Jawohl, Herr General! Dies ist verstanden worden«, sagte ich förmlich und bestimmt.

Die Leitung war tot, ich legte den Hörer auf die Gabel.

Fräulein Jansen war bleich, man sah ihr an, wie angespannt sie war. Wortlos gab sie mir den »Reflektor« zurück.

»Er kennt das Rundschreiben 23 noch gar nicht«, sagte ich ihr.

»Mein Gott«, erwiderte sie aufgeregt, »das hält er nicht aus!«

»Ich soll hier warten, auf weitere Anrufe, wie wäre es mit einem Kaffee oder besser mit mehreren?«, fragte ich.

Sie nickte stumm und verließ das Vorzimmer, um Kaffee zu holen.

Im Stabsgebäude war die Tagesroutine angelaufen. Befehlsgemäß hatte ich auf einem der bequemen Ledersessel Platz genommen, ganz in der Nähe des Telefons, um bei Anrufen des Inspekteurs sofort zur Verfügung zu sein.

Fräulein Jansen wickelte ihre Dienstobliegenheiten im Vorzimmer ab und informierte alle Fragenden darüber, dass der Kommandeur den Kommodore vertrete und über dessen Telefon erreichbar sei.

Ich hing meinen Gedanken nach und stellte Überlegungen an, wie ich etwaigen Anfechtungen zu begegnen haben würde.

Kurz vor 11:00 Uhr geschahen dann zwei Dinge gleichzeitig, die Tür zum Kommandeurszimmer flog auf, Oberstleutnant Angelo eilte herein und fragte irritiert und spitz: »Was machen Sie denn hier?«, und das Telefon läutete. Fräulein Jansen nahm das Gespräch entgegen, sagte: »Sofort, Herr General«, und rief: »Für Sie, Maverick, ich stelle durch!«

Ich nahm den Hörer ab und meldete mich: »Maverick«, es war General Bomberg.

»Sind Sie allein?«, fragte er barsch.

»Nein, Herr General, mein Kommandeur ist anwesend«, erwiderte ich.

»Geben Sie ihn mir!«, kam es eisig zurück.

»Herr Oberstleutnant, der Inspekteur möchte Sie sprechen!« Ich hielt ihm den Hörer hin.

»Oberstleutnant Angelo«, meldete er sich snappy, dann begann er, seine Gesichtsfarbe mehrfach wechselnd, zuzuhören. Schließlich sagte er, betreten wirkend: »Jawohl, Herr General«, gab mir den Hörer zurück und verließ fluchtartig sein Büro, die Tür hinter sich schließend.

»Herr General«, meldete ich mich erneut beim Inspekteur.

»So, Maverick, nun hören Sie mir mal zu«, begann er kalt, »die ›Reflektor‹-Geschichte muss aus der Welt und zwar schnell! Hierzu ergeht morgen eine entsprechende Weisung von mir an den Führungsstab der Luftwaffe.

Von Ihnen erwarte ich die erforderliche Kooperation, Sie sind nicht nur Petent, sondern auch Offizier, vergessen Sie das nicht!« – Pause – »Wie komme ich schnellstmöglich an ein Exemplar Ihres Rundschreibens 23?«

»Herr General, ich schlage vor, dass mein Kommandeur es Ihnen mit höchster Priorität fernschriftlich übermittelt. Ich bin bereit, zu diesem Zweck mein Exemplar kurzfristig zur Verfügung zu stellen, ich möchte es jedoch umgehend zurückhaben.«

»Holen Sie mir den Angelo noch mal ans Telefon!«, kam es finster zurück.

»Jawohl, Herr General«, ich eilte nach draußen und bat Oberstleutnant Angelo erneut ans Telefon.

»Jawohl, Herr General … jawohl, Herr General … jawohl, Herr General.« Oberstleutnant Angelo kam aus seinem Büro, nahm schweigend das Rundschreiben aus meiner Hand und verschwand damit in Richtung Fernmeldezentrale.

Erneut schrillte das Telefon auf Fräulein Jansens Schreibtisch. Sie nahm ab und reichte mir sofort den Hörer.

»Na, zufrieden, Mav?« Es war Karl-Heinz.

»Mensch, Karl-Heinz, gut, dich zu hören«, antwortete ich spontan, »dein Artikel hätte nicht wirkungsvoller sein können, Bomberg hat mich schon zweimal angerufen.«

»Alles O. K.?«, fragte Karl-Heinz.

»Er wirkte sehr nervös und er kannte das Rundschreiben 23 noch nicht, mal sehen, wie sich das heutige Geschehen so weiterentwickeln wird, sobald er das Rundschreiben kennt.«

»Für heute wirst du erst einmal vom Haken sein. Bomberg ist für 14:00 Uhr zu Staatssekretär Birkenbaum bestellt, ich bin vom ›Reflektor‹ aus dort. Jupp [Verteidigungsminister Josef Milz] will die Angelegenheit heruntergefahren haben und so schnell wie möglich aus den Medien genommen wissen. Natürlich wird das mit uns nicht so machbar sein, wie es sich eure Herren so vorstellen. Ich werde erst einmal nur zuhören und dann werden wir weitersehen. Wenn irgendetwas ist, du weißt ja, wie und wo du mich erreichen kannst.«

»Eine Frage noch, Karl-Heinz«, schob ich rasch noch ein, »wird die ›rechte‹ Hand des Staatssekretärs mit dabei sein?«

»Wenn du damit den ›Doppel-Doc‹ meinst, ja!«, seine Stimme klang so, als freue er sich über meine Frage, weil er dadurch in die Lage versetzt wurde eine Lücke in seinem Hintergrundwissen zu schließen. Bremmer, die rechte Hand des Staatssekretärs Birkenstock, war Dr. Dr. und Ministerialrat. Was nur ganz, ganz wenige wussten, wir waren befreundet und zwar schon sehr lange. Ich hatte von dieser Verbindung bislang noch keinen Gebrauch gemacht, dies ließe sich jedoch jederzeit ändern. Karl-Heinz' untrüglicher Instinkt hatte ihn prompt veranlasst, aus meiner Frage den entsprechenden Schluss zu ziehen. Bislang hatte er lediglich Kenntnis, dass ich über einige Verbindungen zur politischen Leitung des Verteidigungsministeriums hatte, eine kannte er nun.

»Vielen Dank für deinen Anruf, Karl-Heinz, und bis bald, wir sehen uns ja noch in dieser Woche!«

»Ja, bis bald, ich ruf noch an!« Karl-Heinz unterbrach das Gespräch, ich legte auf.

Ich atmete tief durch, Bomberg musste völlig unvorbereitet zum Rapport zum Staatssekretär, er würde es hassen, sich unterlegen zu fühlen, selbst Aussagen machen zu müssen, auf die man ihn später würde festlegen können. Nichts war ihm mehr zuwider, als persönlich in die Verantwortung genommen zu werden, ich kannte ihn gut genug, um mir darüber im Klaren zu sein. Nur gut, dass ich heute Morgen seine Aufmerksamkeit auf General Czepanski gelenkt hatte. Bomberg würde unter gewissen Umständen relativ kurzfristig eines Prellbockes bedürfen und Czepanski bot sich förmlich an, nicht nur, weil sich die beiden nicht sonderlich mochten, auch ihre politischen Ambitionen waren zu unterschiedlich.

Oberstleutnant Angelo kam aus seinem Büro. Ich stand auf, um der Form Genüge zu tun. Er blieb einige Schritte entfernt stehen, sah mich unverwandt an und versuchte gekünstelt Überlegenheit zu demonstrieren, indem er mir herablassend mitteilte, der Adjutant des Inspekteurs habe ihm soeben übermittelt, dass der Inspekteur meiner heute nicht mehr bedürfe.

»Jawohl, Herr Oberstleutnant«, erwiderte ich so gefühlsarm wie möglich, er würdigte mich keines weiteren Blickes und verließ grußlos das Vorzimmer.

Ich wandte mich Fräulein Jansen zu, sie sah mich an und sagte bedächtig: »Das hätte ich nie für möglich gehalten, niemals.«

»Falls mich jemand suchen sollte, ich bin im Kasino«, erwiderte ich freundlich, »ich melde mich, sobald ich zurück bin, und vielen Dank!«

Ich verließ unser Stabsgebäude und ging die wenigen Schritte hinüber zu unserem Kasino. Als ich gerade angekommen war, kam eine Ordonanz herbeigeeilt und teilte mir mit, ich würde dringend am Telefon verlangt. Es war erneut General Bomberg.

»Maverick, Sie werden in den nächsten Tagen keinen Urlaub und keine Dienstreisen antreten. Mein Rechtsberater wird mit einigen Herren nach Leck kommen. Ich erwarte von Ihnen eine umfassende Kooperation, ist das verstanden worden?«

Ich bemühte mich kalt und sicher zu sprechen, als ich mit fester Stimme antwortete: »Jawohl, Herr General, dies ist akustisch verstanden worden.«

General Bomberg unterbrach grußlos das Gespräch, soeben hatte die Eiszeit begonnen.

Später am Nachmittag – ich war wieder in meinem Büro und in meine Arbeit vertieft –betrat mein Kommandeur Angelo mein Büro und teilte mir mit, dass ich ab sofort bis auf weiteres nicht fliegen dürfe, dieser Befehl komme von außerhalb des Geschwaders, er sei nicht befugt, mir mehr mitzuteilen.

Ich erwiderte spontan: »Von General Bomberg kann er nicht sein, denn der hat vorhin mit mir gesprochen und er hat mich aufgefordert, mit der Luftwaffenführung in Sachen ›Reflektor‹-Artikel zu kooperieren. Wenn diese Ihre Mitteilung Bestandteil der Kooperation sein soll, die General Bomberg sich so sehr wünscht, ich kann damit komfortabel leben. Es fragt sich nur, ob General Bomberg genauso komfortabel mit meinen Reaktionen wird leben können, die dieser Befehl bei mir auslösen wird.«

Kommandeur Angelos Haltung begann sich aufzulösen. Fahrig erwiderte er mit leiser, brüchiger Stimme: »Es bleibt natürlich bei dem Befehl.«

»Jawohl, Herr Oberstleutnant«, antwortete ich schneidig.

Er verließ grußlos mein Büro.

Mittlerweile war es 17:00 Uhr geworden, mithin Dienstschluss. Ich verschloss meinen Schreibtisch, dann mein Büro, ging zu meinem PKW und fuhr nach Hause.

Der Tag der Wahrheit und anderer Lügen
Dienstag, den 30. 03. 1976 (X + 7 Tage)

Es war ein nasskalter Morgen. Da ich ja nicht fliegen durfte, war ich direkt zu meinem Büro gefahren. Meiner Grundhaltung entsprechend war ich pünktlich und mithin der Erste im noch stillen Stabsgebäude. Ich öffnete meine Bürotür gerade, als mein Telefon zu läuten begann. Ich meldete mich. Am anderen Ende war Talon, ein F-84-F-Jagdbomberpilot der ersten Stunde, den ich aus meiner Zeit in Husum kannte und der mittlerweile im Führungsstab der Luftwaffe Dienst tat. Er bat mich eindringlich, ihn umgehend über eine NATO-Direktleitung zurückzurufen, er halte sich im Lagezentrum auf. Ich versprach, ihn schnellstmöglich anzurufen, und legte auf. Rasch verließ ich mein Büro, eilte hinunter in unseren Gefechtsstand und betrat – nach Rücksprache mit dem O. v. G. – den Ruheraum, die Tür hinter mir schließend. Nachdem ich – mit dem dortigen Telefon – eine Verbindung zum Lagezentrum der Luftwaffe hergestellt hatte, verlangte ich dort nach Talon. Dieser war sofort zur Stelle. Er las mir eine »streng vertrauliche« Weisung unseres Inspekteurs an den Chef des Führungsstabes der Luftwaffe vor, mit der angeordnet wurde, dass sowohl zu unserem Rundschreiben 23 als auch zum Unfallhergang Interpretationen zu erarbeiten seien, die die Vogelschlag-Theorie als Unfallursache für Broncos Unfall in den Vordergrund stellen sollten.

»Alles O. K.?«, fragte Talon.

»Ja und vielen Dank!« Klick, die Leitung war tot.

Dies war gespenstisch und zutiefst beunruhigend für mich. Wir waren drei kleine Wichte und uns gegenüber standen eiskalte, gut ausgebildete und agile Spezialisten, eingebunden in eine relativ gut funktionierende Ministerialhierarchie mit all ihren Möglichkeiten, mit dem alleinigen Auftrag, uns zu biegen oder zu brechen.

Ich war Talon zu großem Dank verpflichtet. Mit der Übermittlung dieses Vorganges hatte er viel, sehr viel riskiert.

Wieder in meinem Büro richtete ich meine ungeteilte Aufmerksamkeit auf die Frage, in welcher Weise ich dieses neue Wissen optimal würde nutzen können, um Bombergs Bestrebungen zu unterlaufen. Nach einer ganzen Weile intensiver Beleuchtung unterschiedlicher Modelle entschied ich mich dafür, an meinen Kommandeur Angelo eine Meldung zu richten, in der ich die einzelnen strittigen Faktoren – sowohl des Rundschreibens 23 als auch des besagten »Reflektor«-Artikels – faktisch zu unterlegen vorhatte, mit klaren, eindeutigen Erläuterungen, die es nicht zulassen würden, die Wahrheit zu verdrehen, zu vernebeln, zu verbiegen, mit Windbeuteln zu ummanteln, ja bis zur Unkenntlichkeit zu entstellen. Ich würde Bomberg zumindest die Chance nehmen können, in unsere aktuelle Situation mit seiner neuen politisch stromlinienförmigen, ideologisierten Wahrheit ins Rampenlicht zu treten, um dieser mit seiner glitzernden Machtpotenz Gewicht zu verleihen. Später würde sich – so oder so – ohnehin niemand mehr dafür interessieren. Diese Aussicht genügte mir.

Um ungestört meinen Gedanken freien Lauf lassen zu können, beschloss ich, zur 501. Staffel zu fahren. Fräulein Jansen sagte ich Bescheid, wo ich zu finden sein würde, ging zu meinem PKW und fuhr davon.

In der Staffel-Lounge war es relativ ruhig, die meisten Besatzungen waren zum Fliegen. Ich holte mir einen Kaffee und stellte mich an den »Call-Table«, einen großen ovalen Tisch, an dem man stehen konnte. Im Nu gesellten sich einige Kameraden zu mir und wir sprachen – natürlich – über »das« Thema. Es war für mich sehr nützlich, auch hier mit der erforderlichen Klarheit Antworten auf Fragen geben zu können, die sonst womöglich in falsche Köpfe geraten wären und dann auch falsche Beantwortungen gefunden hätten. Nach einer Weile holte ich mir einen kleinen Happen zu essen, einen weiteren Kaffee und setzte mich an einen

Tisch im Speiseraum. Ich hing meinen Gedanken nach, die sich um die Meldung drehten, die ich zu schreiben beabsichtigte.

Dann fuhr ich zurück zur Kaserne. In meinem Büro angekommen, griff ich sofort zu Schreiber und Papier, schrieb einen ersten Entwurf, änderte, strich, ergänzte, las, las erneut, es galt, in meiner Mittagspause fertig zu werden. Schließlich war ich zufrieden. Diese Meldung würde ihren Zweck erfüllen. Überprüfungen würden erforderlich, Anhörungen wären durchzuführen, Texte eingehend zu studieren. Dies würde Zeit in Anspruch nehmen, viel Zeit, Zeit, in der die Aktualität, an der General Bomberg so gelegen war, dahinschwinden würde wie das Tageslicht bei Anbruch der Nacht.

Raschen Schrittes begab ich mich zu Fräulein Jansen, um meine Meldung offiziell durch sie schreiben zu lassen. Als sie fertig war, übergab sie mir meine Meldung einschließlich der Kopien mit einem hintergründigen Lächeln.

2262 Leck, den 30. März 1976

Seydel
– Major –
Stab FlgGrp

Meldung

Ich melde dem Kommandeur FlgGrp, Oberstleutnant Angelo:
Durch meine vorläufige Ablösung vom fliegerischen Dienst – ohne Angabe von Gründen – fühle ich mich psychisch unter Druck gesetzt. Diesem Druck unterliegt auch meine Familie.
Veröffentlichungen im »Reflektor« vom 29. 03. 76 in Verbindung mit meinem Namen sind nicht in meinem Auftrag erfolgt.
Am 26. 03. 76 habe ich Ihnen bereits gemeldet, dass ich die Petition, die Bronco am 13. 02. 76 beim Petitionsausschuss des Deutschen Bundestages vorgelegt hat, nach Art. 17 GG – unter Berücksichtigung des Art. 17a GG – als Nachfolgepetent aufrechterhalten habe.
Die im Rundschreiben 23 getroffenen Feststellungen basieren überwiegend auf Aussagen von Bronco.
Er empfand es z. B. als Missbrauch von Disziplinargewalt, per Befehl zur öffentlichen Rücknahme eines Teiles des Rundschreibens 19 gezwungen worden zu sein (Dokumente vorhanden).
Übermenschlichem Druck sah er sich z. B. ausgesetzt durch einschneidende

Befehle seiner Vorgesetzten bis hin zum Kommandierenden General der Luftflotte im Zeitraum Dez. 75/Jan. 76.

Bronco empfand den Stil, wie gegen ihn vorgegangen wurde, als unmenschlich. Z. B. Beschwerde gegen Oberstleutnant Liederlich 1975, Brief General von Brunohs an General Czepanski, Bronco wird darin als Gefahr bezeichnet.

Den Verdacht, er würde nur deshalb so oft zum Fliegen eingeteilt, damit er keine Zeit fände, sich weiter um die Aktion Fliegerzulage kümmern zu können, hat Bronco in den letzten Wochen immer wieder geäußert (Zeugen vorhanden).

Die Formulierungen unserer Gruppe im Rundschreiben 23 sind allgemein gehalten und in Beziehung zur Petition. Tiefer gehende Spannungsfelder sind – ohne Hintergrundwissen – nicht erkennbar. Dies kann so bleiben, muss aber nicht! Besagte Formulierungen spiegeln jedoch entschieden und eindeutig die Empfindungen Broncos einen Tag vor seinem Tod wider, an dessen Abend er – neben Sushine und dessen Frau – bei uns zu Hause zum Essen zu Gast war.

Im Interesse meines toten Kameraden Bronco, unserer Aktion und auch im Interesse des Bildes unserer Luftwaffe in der Öffentlichkeit werde ich zu o. a. Komplex keine weiteren Aussagen machen, sofern nicht meine vitalen persönlichen Interessen und die meiner Familie dies erforderlich machen, dann jedoch eindeutig, umfassend belegt und ohne Kooperationsrücksichten.

Seydel

Ich überflog das Schreiben nochmals, unterschrieb es, klopfte an die Tür meines Kommandeurs Angelo und trat, als die Aufforderung dazu durch die Tür tönte, ein.

Oberstleutnant Angelo saß an seinem Schreibtisch und ignorierte mich zunächst. Dann schaute er auf. Ich meldete mich bei ihm und übergab ihm spontan meine Meldung. Dann bat ich, mich abmelden zu dürfen.

»Warten Sie!«, forderte er mich auf. Dann las er meine Meldung, las sie nochmals, schwieg eine geraume Zeit und fragte dann: »Sind Sie sicher, Maverick, dass Sie sich da nicht übernehmen?«

»Als Petent vor dem Bundestag, ja, Herr Oberstleutnant, und als Stabsoffizier wäre ich ein schlechter Petent, würde ich nicht alle in mir aufkeimenden Zweifel eingehend bedenken und ausräumen, bevor ich agiere. Es geht ja auch gar nicht mehr so sehr um mich, General Bombergs Intentionen zielen, politischer Opportunität wegen, mehr in Richtung Medien und Öffentlichkeit. General Bomberg glaubt fest an die Macht, er glaubt wohl, man habe nie mehr Recht, als man Macht besitze. Dies mag für Teile des ihm unterstellten Bereiches sogar Geltung haben, allein, die Medien gehören nun mal nicht in den ihm unterstellten Bereich und meine Meldung an Sie, Herr Oberstleutnant, in den rechten Händen könnte sehr rasch dazu führen, dass man General Bomberg mit den Grenzen seiner Macht, mit seinen Grenzen vertraut machen würde.«

Schweigen.

Dann meldete ich mich, diesmal mit Erfolg, ab.

Zurück in meinem Büro, griff ich nach meiner Aktentasche und holte meine Unterlagen mit der Sammlung aller Einzelfaktoren zu den Fällen Unfall Bronco/ Notlandung Wittmund heraus. Ich wollte eine Kette der mir bisher bekannten Ereignisse erstellen.

Nach geraumer Zeit hatte ich eine zeitlich geordnete Abfolge zusammengestellt, die ersten kritischen Überprüfungen standgehalten hatte. Weitere ständige Überprüfungen würden natürlich folgen müssen.

Kette der Ereignisse vom 23. 03. 1976 betreffend Flugunfall Bronco/Neptun und Notlandung Highball/Rainbow in Wittmund.

Alle Zeitangaben sind in Zulu-Zeit (NATO-Zeit). Dies entspricht der deutschen Zeit minus einer Stunde.

Dienstag, den 23. 03. 1976 (Tag X)

08:30 Z	Highball und Rainbow starten im Rahmen einer NATO-Übung von Leck aus zu einer »Playboy«-Mission. Zieldarstellung für Fliegerabwehrkräfte im Großraum westlich der Elbe bis zum Weser-Ems-Gebiet.
08:35 Z	Bronco und Neptun starten im Rahmen derselben Übung mit dem gleichen Auftrag von Leck aus in dasselbe Zielgebiet.
X – 3 Min.	Das Wetter im Zielgebiet ist wesentlich schlechter, als vorhergesagt. Bronco entschließt sich, den Einsatz abzubrechen und nach Norden abzudrehen, um wieder in das Gebiet zu gelangen, in dem bessere Wetterbedingungen herrschen. Er leitet eine flache Linkskurve ein, Fluggeschwindigkeit 420 Knoten (778 km/h).

X – 2 Min.	Highball bricht seinen Einsatz im Zielgebiet ebenfalls ab, als die Sicht und die Wolkenuntergrenze unter die erlaubten Minima absinken. Er will seinen Ostkurs noch 5 Sek. beibehalten und dann nach Norden abdrehen.
X – 1 Min.	Während Highball gerade einen Front-Cockpit-Check durchführt, knallt es sehr laut, seine RF-4E wird stark abgebremst, giert extrem nach links und stabilisiert dann schlingernd wieder ihren Kurs. Als er instinktiv nach vorne schaut, sieht er, dass die Reste der Radarnase seines Flugzeuges völlig ausgefranst – wie ein Pinsel – im Flugwind flattern. Sofort reduziert er die Fluggeschwindigkeit, und er und Rainbow überprüfen alle Systeme nach der Checkliste für Notfälle. Alle zum Weiterflug wesentlichen Systeme sind in Ordnung. Auf der Notfrequenz ruft Highball den Kontrollturm des Fliegerhorstes Wittmund, erklärt eine Luftnotlage, »vermuteter Vogelschlag«, Position ca. 8 nautische Meilen südlich der Insel Spiekeroog. Und kündigt seine Notlandung auf dem Flugplatz Wittmund an. Zudem fordert er die Bereitstellung der Rettungsdienste an.
X – 10 Sek.	Broncos RF-4E wird von einem schweren Schlag erschüttert, Höhen- und Seitenruder sind blockiert, zusätzlich treten heftige Vibrationen und ein starkes Gieren auf. Da Bronco schweigt, betätigt Neptun im hinteren Cockpit die Auslösung der beiden Schleudersitze zum Verlassen des Flugzeuges in Notsituationen.
X – 5 Sek.	Beide Kabinendächer werden abgesprengt.
X – 4/3 Sek.	Die beiden Schleudersitze werden nacheinander aus dem Flugzeug katapultiert.
X – 2 Sek.	Die Schubraketen unter den Schleudersitzen werden automatisch gezündet und steigern die Beschleunigung der Sitze, damit eine größere Höhe und auch ein größerer Sicherheitsabstand zu dem verlassenen Flugzeug gewonnen wird.
X +/– 0 Sek.	Kurz bevor die Beschleunigungskräfte ihr Höchstbelastungsmaß erreichen, bricht das Genick von Bronco. Er ist sofort tot. (Nachfolgende Untersuchungen ergaben, dass Broncos Halswirbel zu schwach waren. Er hätte niemals Kampfflugzeuge – ausgestattet mit Schleudersitzen – fliegen dürfen.)

X + 10 Sek.	Landwirt Pipendonk aus Altgamssiel, Ostfriesland, der gerade eines seiner Felder bestellt, sieht, nachdem er zuvor Fluglärm – an den er gewöhnt ist – und dann einen lauten Knall gehört hat, in einiger Entfernung einen Fallschirm niedergehen, dann – etwas weiter entfernt – einen zweiten. Ob der Fluglärm von einem oder von zwei Flugzeugen herrührte, konnte er später nicht mehr sagen.
X + 20 Sek.	Neptun prallt – an seinem Schirm pendelnd – bei seiner Landung schräg auf dem Boden auf, wird verletzt, ist aber bei Bewusstsein.
X + 23 Sek.	Der Körper von Bronco schlägt auf dem Boden auf, wird vom Rettungsschirm noch einige Meter über den Acker geschleift, kommt dann zur Ruhe …
X + 27 Sek.	Die führerlose RF-4E schlägt mit leichter Schräglage in flachem Winkel am Südostende der Insel Spiekeroog ins Wattenmeer und wird zerstört.
X + 3 Min.	Landwirt Pipendonk erreicht Neptun. Dieser fragt ihn mit schmerzverzerrtem Gesicht, was mit seinem Piloten und der Besatzung des zweiten Flugzeuges sei. Pipendonk legt ihn zunächst behutsam auf die Seite und sagt ihm, der zweite Schirm sei unweit niedergegangen. Von einem zweiten Flugzeug habe er bisher nichts gesehen. Er werde nur schnell nach dem zweiten Piloten schauen und dann Hilfe holen. »Da muss ein zweites Flugzeug sein! Wir wurden gerammt, ich hab' den großen Schatten unmittelbar über uns doch gesehen, kein Zweifel, oh mein Gott!«, keucht Neptun hochgradig erregt. Pipendonk versucht ihn zu besänftigen, dann eilt er davon.
X + 12 Min.	Highball und Rainbow landen mit ihrer beschädigten RF-4E sicher auf der Landebahn des Flugplatzes Wittmund (Flightorder vom 23. 03. 1976, Spalte Remarks, Zeile 5).

Es war geradezu gespenstisch, wie umfassend und genau sich die einzelnen faktischen Details ineinanderfügen ließen zu einem Gesamtbild. Zusätzliche Wahrheiten würden lediglich zur Vervollständigung dieses Bildes führen können. Nur Lügenkonstrukte, zur Stützung einer vorgegebenen anderen Version der Vorfälle, würden zu anderen Darstellungen herangezogen werden können, allerdings nur sehr vordergründig und kurzlebig. Die Frage stand aber im Raum, ob derlei Konstrukte genügen würden, um den Zeitraum zu überbrücken, in dem das öffentliche und politische Interesse an den Vorfällen noch in ausreichendem Maße vorhanden sein würde. Danach würde eine Wahrheit so wertlos sein wie ein erloschenes Licht zum Lesen. Dies beunruhigte mich sehr, ja, es machte mir Angst. Würde die Wahrheit einmal mehr zugekleistert werden mit Lügen? Würde uns erneut nichts anderes übrig bleiben als ohnmächtige Wut?

Noch war es nicht so weit und wir würden uns mit all unserer Kraft und unserem Wissen einer derartigen Entwicklung entgegenstemmen.

Für heute war es genug, ich war ausgelaugt, aufgewühlt. Alles in mir verlangte nach Ablenkung, Entspannung, ich fuhr nach Hause.

Streng Vertrauliches
Mittwoch, den 31. 03. 1976 (X + 8 Tage)

Meinen PKW hatte ich auf dem Parkplatz vor der »Alten Apotheke« in Leck stehen lassen und war zu Fuß zum Gasthaus »Deutsches Haus« gegangen. Mittlerweile war es 19:00 Uhr.

Karl-Heinz hatte schon gewartet. Wir verließen das »Deutsche Haus« durch einen Nebeneingang, der direkt zu dem kleinen Parkplatz führte, auf dem Karl-Heinz seinen Mietwagen abgestellt hatte. Auf der Fahrt zur Kaserne berichtete ich Karl-Heinz kurz, was am Tag zuvor vorgefallen war. Er schüttelte den Kopf, sagte aber nichts.

An der Hauptwache zeigte ich meinen Ausweis und meine Sonderausweise vor und meldete Karl-Heinz als meinen Gast an. Wir durften passieren. Wir fuhren zum Parkplatz vor dem Kasino.

Dort angelangt, stiegen wir aus und betraten über die großzügige Freitreppe die Vorhalle. Von dort aus begaben wir uns in die Bar, die zu so früher Stunde noch menschenleer war. Ich bat die Ordonanz, doch etwas Musik einzuschalten und – nachdem Karl-Heinz auf meinen fragenden Blick hin »Bier« gesagt hatte – uns zwei Flensburger vom Fass zu bringen. »Große oder kleine, Herr Major?«, fragte die Ordonanz höflich. »Große«, war meine Antwort.

Bis zu diesem Augenblick hatten wir nicht viel gesprochen, unsere Spannung war am Siedepunkt angelangt.

Nun endlich konnte ich mit dem beginnen, was zu sagen ich mir bisher hatte versagen müssen, ich hätte einfach kein unkalkulierbares Risiko eingehen können, die Substanz war zu heiß, und ich war gezwungen, mich auf Eis zu begeben, von dem ich nicht wusste, wie tragfähig es sein würde und wie ich möglichst unbeschadet wieder heruntergelangen könnte.

»Es gibt da eine unselige Überwachungsaktion unserer Arbeitsgruppe im Rahmen einer ›Operation BO-40‹ durch den Militärischen Abschirmdienst – MAD«, sagte ich zu Karl-Heinz, »und ich glaube, hier können wir ungestört darüber reden.«
Karl-Heinz schaute langsam auf: »Bist du sicher, Mav, ganz sicher?«
»Ich will dir chronologisch die Fakten berichten. Und wenn du alles weißt, was ich weiß, solltest du mir sagen, wie sicher wir zwei sein können. Du bist der Erste, mit dem ich darüber spreche. Hier, lies mal zunächst dieses Schreiben!« Meiner Mappe entnahm ich einige Bogen und gab sie Karl-Heinz.

Kalkar, den 02. 07. 1975

3. Luftwaffendivision
– Kommandeur –

An den
Kommandierenden General der Luftflotte,
Herrn Generalleutnant Czepanski
5 Köln 90

Betr.: Besuch beim Aufkl. G.500 Leck und LeKG 400 Husum

Hochverehrter Herr General!
Am 26. und 27. Juni habe ich dieses Briefing vor den Flugzeugführern und Kampfbeobachtern des Aufkl. G. 500 Leck und LeKG 410 Husum über das Thema Erhöhung der Fliegerzulage gehalten. In der Anlage übersende ich die bei diesen Besprechungen bekannten Niederschriften der Kommodores.
Aus allen Fragen, die in der Mehrzahl von den Offizieren BO-40 gestellt wurden, ist deutlich die Angst herauszuspüren, nach der Entlassung ins Zivilleben keinen Beruf mehr zu finden.
Man schien einzusehen, dass der Flugzeugführer kein Beruf ist, mit dem man im zivilen Bereich etwas anfangen kann. Nach allgemeiner Ansicht reicht die Pension von ca. 1600,00 DM gerade dafür aus, die nackten Kosten zu decken, vor allen Dingen, wenn noch Abzahlungen auf ein Haus zu leisten sind.
Von ehemaligen Unteroffizieren wird immer wieder behauptet, sie seien zu BO-40 gezwungen worden. Hätte man nicht unterschrieben, wäre für sie das Fliegen von Strahlflugzeugen beendet gewesen.

Die vom Inspekteur Luftwaffe in Aussicht gestellte erneute Forderung von 800,00 DM für Jet wird von der Masse der Flugzeugführer als zu gering angesehen, wie aus medizinischen Gutachten, die auch von Major Langermann angesprochen werden, hervorgehen soll, dass die psychische und physische Substanz verbraucht ist, da sie abgeflogen und mit ihrer Kraft zu Ende sind.

Aus diesem Grund wird doch sehr massiv die pensionsberechtigte Fliegerzulage gefordert. Die Masse der Flugzeugführer glaubt, die Forderung von 1500,00 DM sei angebracht und gerechtfertigt. Dies wird mit Nachdruck auch deshalb gefordert, weil ein Großteil der BO-40-Offiziere in den nächsten zwei Jahren zur Pensionierung ansteht und sie deshalb die Forderung bis dahin realisiert haben möchten.

Die Zusage des Inspekteurs der Luftwaffe, dass jeder BO-40, der die Voraussetzungen erfüllt, zum Major befördert wird, selbst dann, wenn seine Dienstzeit verlängert werden muss, damit er die Mindestzeit erreicht, machte wenig Eindruck. Immer wieder wurde die Frage gestellt, wieso die hohe Flugsicherungszulage? Aus welchen Gründen billigte das Ministerium diese hohe Zulage auch den Soldaten zu? Wenn schon die zivilen Flugsicherer mit den militärischen verglichen werden, dann müsste logischerweise auch ein Vergleich stattfinden zwischen militärischen und zivilen Flugzeugführern, das heißt, das Gehalt militärischer Flugzeugführer müsste demjenigen der Lufthansapiloten angeglichen werden.

Für die Gehaltserhöhung kämpfen für uns die Gewerkschaften und Herr Krause vom Deutschen Beamtenbund, da jedoch für unsere Zulagenerhöhung sich niemand einsetzt, tun wir es eben selbst.

Ich habe den Eindruck, dass sich die Masse der Flugzeugführer mit der Aktion Langermann auch heute noch solidarisch erklärt, weil man glaubt, dass nur durch die Flucht in die Öffentlichkeit überhaupt etwas erreicht werden kann. Argumente, dass durch die Art der Veröffentlichung das Ansehen der Luftwaffe geschädigt wird, werden kaum akzeptiert. Man distanziert sich zwar von Begriffen wie ›die Meuterer‹, ist aber letztlich doch froh und empfindet Genugtuung, dass dieses Problem so groß aufgemacht von der Presse wiedergegeben wurde. Denn vorher hat unsere Führung für unser Ansehen und unser Anliegen in der Öffentlichkeit nichts getan. Von Elite spricht heute kein Mensch mehr, obwohl wir diejenigen sind, ohne die unsere Luftwaffe ihren Auftrag nicht erfüllen kann.

In Leck sehe ich in dem Verhalten von Major Martin, Berufsoffizier und Flugzeugführer, der den Brief an Bundesminister Milz geschickt hat, eine viel größere Gefahr als im Agieren von Major Langermann. Mit Nachdruck meine ich, dass Major Martin vom Minister in sehr scharfer Form eine Zurechtweisung erhalten müsste.

Ich halte es für ratsam, bei Weiterverpflichtungen von Soldaten auf Zeit zum BO-40 einen sehr strengen Maßstab anzulegen, diese Verpflichtung erst im dreizehnten Dienstjahr vorzunehmen und nur dann, wenn es sich um ausgesprochen passionierte Soldaten handelt. Der Kommodore persönlich sollte zu der Übernahme in ausführlicher Form Stellung nehmen müssen. Im Übrigen sollte eine Übernahme zum BO-40 nur dann erfolgen, wenn der Bewerber alle Bedingungen dieser Laufbahn als bekannt unterschrieben hat.

Ich habe den Eindruck gewonnen, dass bei Flugzeugführern/Kampfbeobachtern bei dem Thema Fliegerzulage keineswegs eine Beruhigung eingetreten ist. Man wartet auf eine Reaktion der Führung. Erfolgen in absehbarer Zeit, ca. bis Ende des Jahres, keine Maßnahmen, muss mit weiteren Aktionen gerechnet werden, die wahrscheinlich nicht mehr von Major Langermann ausgehen.

Ihr sehr ergebener
gez. Von Brunoh

Karl-Heinz las langsam und reichte mir die Blätter dann zurück.

Er sah mich lange an: »Mein Gott, Mav, in wessen Händen befindet sich bloß unsere Luftwaffe?«

»Es gibt Grade von Dummheit«, begann ich behutsam, »die nicht zu bessern sind und die schon allein durch ihre Dichte eine gewisse Gefahr in sich bergen. Diese Gefahr wird unüberschaubar, mithin unkalkulierbar, sobald mehrere solch Dummer Glieder einer Seilschaft in einer Hierarchie werden. Gelangen sie jemals an Macht, ist der Alptraum perfekt. Gott bewahre uns vor einem Ernstfall in den Händen solcher Führer!«

Karl-Heinz wirkte nachdenklich, ja betroffen. Nach einer ganzen Weile begann ich dann: »Sunshine erhielt per Post anonym eine Kopie dieses Schreibens zugeschickt. Sie wurde ihm Ende Juni des vergangenen Jahres anlässlich eines Beer-Calls bei der 501. Staffel durch deren Staffelfeldwebel ausgehändigt. Ich erspare dir weitere Details, weil die offizielle Version falsch ist und ich dir die korrekte nicht anvertrauen kann, weil ich Bronco mein Wort gab, sie nicht preiszugeben. Im Prinzip wäre es dir auch nichts Neues. Alle wesentlichen Sachinformationen bekommst du von mir jetzt lupenrein. Einige Wochen, nachdem Sunshine diesen Brief erhalten hatte, teilte Bronco uns – Sunshine, Devil und mir – mit, Czepanskis Adjutant habe ihm erzählt, Czepanski habe getobt bis zum Anschlag und ein Mitarbeiter des MAD habe ihn – den Adjutanten – und andere Stabsangehörige hochoffiziell zu dieser Sache anhören müssen. Ich fand damals, dies sei eine für einen Extremcholeriker wie Czepanski ›normale‹ Reaktion, und dachte nicht weiter darüber nach. Etwa eine Woche später, irgendwann Anfang August vergangenen Jahres, erhielt ich zu Hause dann einen Anruf von Duckman, meinem Stubenkameraden von der Offiziersschule, von dem ich wusste, dass er seit langem beim MAD Dienst tat. Er teilte mir mit, Czepanski habe den Oberst i. G. P. beim MAD veranlasst, unsere Arbeitsgruppe durch MAD-Leute überwachen zu lassen. Eine Kopie irgendeines Schreibens an ihn sei anonym an euch weitergegeben worden. Czepanski hat – was gegen die bestehenden Vorschriften verstößt – dem Oberst i. G. P. ausdrücklich untersagt, das Bestehen der ›Operation BO-40‹, wie diese nun heißt, nach oben, also Bomberg oder gar dem Minister, zu melden. Dann hat Duckman das Gespräch sofort unterbrochen.

Und diese MAD-Klamotte, Karl-Heinz, läuft immer noch!

Und gleich noch eines, auf Duckman verlasse ich mich wie auf meinen rechten Arm.

So, nun ist dein Informationsstand gleich meinem.«

Karl-Heinz sah mich offen an, als er erwiderte: »Danke, Mav, nun sind wir also zwei, die wissen, dass es beim MAD eine ›Aktion BO-40‹ gibt, die offenbar gegen euch gerichtet ist. Und mittlerweile gibt es sicherlich noch andere Mitwisser, die über eigene Informationen aus dem MAD-Dunstkreis Teil-, Halb- oder gar Allwissen verfügen. Halt du dich mit allem, was du tust, sprichst, ja denkst, da raus! Keine noch so kleine Andeutung, zu niemandem, versprich mir das, bitte!«

»O. K.«, sagte ich nach einer kurzen Pause gedehnt, »O. K. Gibt es irgendeinen Weg, auf dem ich dich, falls erforderlich, möglichst verzugsarm erreichen kann, um mit dir ohne Zuhörer über diese Angelegenheit sprechen zu können?«

»Nimm die Nummer, die ich dir letzte Woche gab!«, sagte er spontan. »Hast du einen Anschluss, von dem aus du ungestört reden kannst?«

»Ja.«

Karl-Heinz trank langsam an seinem Bier, wie um Zeit zu gewinnen. Er wirkte angespannt. Ich hatte das Gefühl, die Informationen, die ich ihm gerade gegeben hatte, bewegten ihn sehr. Ich gab ihm Zeit, geriet selbst ins Grübeln …

Wie war es nur möglich, dass der MAD so durch und durch korrumpiert war, dass Aktionen wie die »Aktion BO-40« laufen konnten, ohne dass die parlamentarische Kontrolle funktionierte und derlei Treiben sofort unterbunden wurde? Machten auf den verschiedenen Ebenen des Dienstes tatsächlich auch unintelligente Abenteurer, verlogene Geltungssüchtige, aalglatte Sicherheitsfanatiker, übergelenkige Informationsjongleure, fleißige Oberverdachtschöpfer, eindimensionierte Streber und schillernde Paradiesvögel, was sie wollten bzw. was ihrer politischen Lobby außerhalb des Dienstes am nützlichsten war, fernab des eigentlichen Auftrages?

Karl-Heinz hatte sein Glas ausgetrunken.

Stumm schaute ich ihn fragend an. Er nickte. Meinen Kopf in Richtung Bar drehend rief ich die Ordonanz und bestellte noch zwei Flensburger Pils. Diese kamen prompt. Wir tranken uns zu. Dann ergriff Karl-Heinz erneut das Wort:

»Ich mach' dir jetzt einen Vorschlag. Wir behalten die ganze Geschichte vorerst mal unter dem Hut. Niemand erwartet oder befürchtet eine Reaktion in dieser Angelegenheit, alle fühlen sich noch sicher. Wann immer du glaubst, von deinem Wissen um diesen Fall Gebrauch machen zu sollen, tue es! Es würde mir guttun, wenn du es mich vorab wissen lassen könntest, würde hilfreich für mich sein. Was hältst du davon?«

»Wenn Czepanskis dienstlicher Ex nicht unmittelbar auf uns zurückzuführen sein wird«, erwiderte ich behutsam, »ist dies wohl die zurzeit beste Lösung, um alles in Bewegung zu halten und gleichzeitig offen zu gestalten. Sollte ich überraschend mit einer Situation konfrontiert werden, in der es mir ratsam erscheint, unseren Vorgang zu offenbaren, werde ich dich auf jeden Fall vorher informieren. Ansonsten warten wir die weitere Entwicklung erst einmal in Ruhe ab. Falls sich eine Gelegenheit bietet, General Bomberg diesen Fall auf einem zuverlässigen Weg direkt zuzuspielen, würde ich dies allerdings sehr gerne tun. Dies könnte seine Position bei Jupp erheblich stabilisieren.

»O. K. Und was die vor uns liegende Zeit angeht: Wenn etwas riecht, ruf an, bevor es angebrannt ist, versprich es mir!«

»Versprochen, Karl-Heinz, und vielen Dank!«

»Dir vielen Dank, Mav, besonders für dein Vertrauen und deine Offenheit!«

Wir tranken aus, ich unterschrieb bei der Ordonanz meinen Getränkebon für unsere Biere. Die Bar war noch immer leer. Wir verließen das Kasino, passierten die Hauptwache in Karl-Heinz' Leihwagen, vorbei an dem salutierenden Wachhabenden und fuhren zurück nach Leck.

Die Vernehmung
Donnerstag, den 01. 04. 1976 (X + 9 Tage)

Durch das Fenster meines Büros sah ich sie, als sie vom Geschwaderstabsgebäude kommend auf den Eingang unseres Stabsgebäudes zugingen, uniform, obwohl in Zivil, die gleichen, schwarzen Schuhe, die gleichen Anzüge, die gleichen Gesichter.

Der Grund ihres Erscheinens war mir durch das letzte Gespräch mit General Bomberg ja bekannt. Einmal mehr wollte man die im »Reflektor« zu Broncos Tod und zu unserem Rundschreiben 23 veröffentlichte, ungeliebte Wahrheit umformen; wenn möglich, gar in einem ministerialbürokratischen Bermuda-Dreieck verschwinden lassen. Aber wie anstellen?

Der offizielle Auftrag der Herren hieß:

Durchführung einer dienstlichen Anhörung zu den Veröffentlichungen des »Reflektors«, in denen die Namen von Devil, Sunshine und mir genannt worden waren.

In den Grauzonen zwischen unseren Grundrechten und der Militärhierarchie hatte Macht jedoch so ihre Tücken.

Ich stellte mir einen Hai vor, der in der unendlichen Weite des Atlantiks plötzlich in eine durchsichtige, enge Röhre schwimmt.

Plötzlich spürt der Hai, dass sich in der Nähe seiner empfindlichen Schwanzflosse etwas befindet, und schon spürt er eine schmerzhafte Berührung. Er will herumschnellen, den Peiniger vernichten, doch die enge Röhre lässt dies nicht zu. Er scheitert, weil er seine ungeheure Kraft nicht entfalten kann.

Ich musste lachen. Was würden meine Haie tun? Sie hatten Macht, ohne Zweifel, aber wir hatten Rechte, im Soldatengesetz und in der Verfassung verbürgte!

Telefonisch wurde ich zu meinem Kommandeur beordert.

Als ich mich bei meinem Kommandeur meldete, waren außer ihm die vier Besucher zugegen, ein hoher Beamter und drei Stabsoffiziere, die einen Auftrag erfüllen mussten und wollten. Aber wie? Sie würden sicher einen Ansatz suchen, mich von Anfang an auf die Verliererstraße zu drängen. Der Rechtsberater eröffnete die Runde. Ich wisse wohl, weshalb sie hier seien.

»Nein«, sagte ich.

»Was soll denn das heißen?«, fragte einer der Generalstäbler.

»Wenn Sie wegen des ›Reflektor‹-Artikels hier sein sollten«, sagte ich, »könnte ich ein erklärendes Schreiben an den ›Reflektor‹ schicken, mit justitiablen Hintergrundinformationen.«

»Das können Sie doch nicht machen!«

»Doch! Wenn Sie nicht in der Lage sind, meine rechtlichen Möglichkeiten richtig einzuordnen, sollten Sie hier besser nicht teilnehmen.«

Der Rechtsberater erhob sich abrupt. Er bat mich zu warten und sagte zu seinen Begleitern: »Kommen Sie, meine Herren!«

Unerwartet war ich plötzlich allein, so früh schon die erste Unterbrechung …

Ich öffnete das Fenster, herrlich klare Seeluft blies herein.

General Bomberg tat mir leid. Warum hatte er sich bloß mit solchen Offizieren umgeben?

Die Sonne schien, in der Ferne hörte ich das Grollen der Nachbrenner.

Ich verließ das Büro meines Kommandeurs und sagte Fräulein Jansen, ich sei auf Abruf in meinem Büro, ich hätte zu arbeiten.

Dort rief ich Bärbel in ihrer Schule an, um ihr zu sagen, dass es heute Nachmittag später werden könnte.

Als ich ihr kurz berichtet hatte, was bisher abgelaufen war, sagte sie nach kurzer Pause behutsam: »Auch wenn dir diese Auseinandersetzung aufgezwungen wurde, geh mit ihnen nicht so gnadenlos um! Vertritt eure Sachinteressen hart, erschöpfe dich aber nicht in nutzlosen Attacken gegen unwichtige Gegenüber! Pass auf dich auf, bis bald!«

Wie gut Bärbel mich doch kannte!

Dann fiel mein blass aussehender Kommandeur förmlich in mein Büro und teilte mir mit, für die weiteren Gespräche habe der Kommodore dem Rechtsberater sein Büro zur Verfügung gestellt und ich solle mich unverzüglich dorthin begeben.

Die Vorzimmerdame des Kommodores begrüßte mich freundlich und bat mich doch schon durchzugehen und es mir bequem zu machen, Herr Chemnitzer werde sicher gleich kommen.

Dann betrat Oberst von der Wenden den Raum und ich meldete mich vorschriftsmäßig zur Stelle. Er begrüßte mich sehr knapp und wollte gerade etwas sagen, als das Telefon läutete. Er nahm den Hörer, meldete sich und schwieg dann eine Weile. Dann sagte er laut: »Jawohl, Herr General«, hielt mir den Hörer hin und verließ rasch sein Büro.

»Maverick«, meldete ich mich.

»Bomberg.« Ich spürte förmlich die erdrückende Macht.

»Maverick, ich erwarte umgehend von Ihren beiden Kameraden und von Ihnen eine Anmerkung für den ›Reflektor‹, mit der die bisherigen Feststellungen, mit denen Sie in Verbindung gebracht werden, relativiert werden. Auch der Inhalt Ihres Rundschreibens 23 kann so nicht stehen bleiben. Die Luftwaffe muss aus den Schlagzeilen, es muss Ruhe einkehren. Ist das verstanden worden?«

»Ja, Herr General«, entgegnete ich fest, »aber ich gehe davon aus, dass Sie, Herr

General, Verständnis dafür haben werden, wenn ich bei allen Aussagen zukünftig weitestgehend bei der belegbaren Wahrheit bleibe, auch und gerade bei Aussagen, die für die breite Öffentlichkeit bestimmt sind und gegenüber Ihrem Rechtsberater gemacht werden müssen.«

Lastendes Schweigen, dann endlich: »Wie ich den ›Reflektor‹ kenne – die werden nicht lockerlassen. Was wir brauchen, ist ein Kompromiss, den nur Sie zustande bringen können. Schließlich sollten Sie auch an den Ruf unserer Luftwaffe denken.«

»Herr General. Seit Broncos Tod und allem, was ich danach erleben musste, denke ich kaum noch über etwas anderes nach. Ich bin bereit, ein den Umständen angemessenes offenes Gespräch mit Ihrem Rechtsberater zu führen, unter vier Augen. Das Ergebnis wird im Wesentlichen von seinem Verständnis für die aktuelle Gesamtsituation abhängen, schließlich bleibt unser Petitum eine grundgesetzkonforme Privatangelegenheit, dienstliche Verhöre sind da eigentlich nicht vorgesehen.«

»Holen Sie mir sofort den Chemnitzer ans Telefon!«

Ich schwieg.

»Maverick, haben Sie mich verstanden, Sie sollen sofort den Chemnitzer ans Telefon holen!«

»Nein, Herr General.«

»Was heißt hier nein?«

»Ich hatte Sie nicht verstanden, Herr General, es war so ein schnarrendes Geräusch in der Leitung.«

»Ja, schon gut, nun holen Sie endlich den Chemnitzer ans Telefon!« »Jawohl, Herr General.«

Ich ging ins Vorzimmer und übermittelte dem dort wartenden Kommodore den Wunsch des Inspekteurs.

Von der Wenden meldete dem General, dass Herr Chemnitzer zurzeit nicht präsent sei. Dann eilte er an mir vorbei und rief: »Sie bleiben hier!«

Wieder war ich allein. Ich machte es mir in einem der Sessel bequem und verfiel ins Grübeln. Bomberg stand offenbar politisch mehr unter Druck, als wir bisher annehmen konnten. Er brauchte diesen Kompromiss dringend. Keine Frage, er war ein Mächtiger, aber ein einsamer. Ihm wurde immer nur Erfolg gemeldet und aus all den Erfolgsmeldungen zog er seine Schlüsse. Er hatte nie eine Chance, aus Fehlern zu lernen. Die augenblickliche Situation war ungewohnt für ihn und unheimlich. Ein Ei lag im Zylinder. Und wir, Herr Chemnitzer und ich, sollten ein Küken hervorzaubern, obwohl wir wussten, dass wir es mit einem Schlangenei zu tun hatten. »Na denn«, dachte ich.

Herr Chemnitzer betrat das Kommodorezimmer, allein.

»Ich habe soeben mit dem Inspekteur gesprochen.«

»Mit mir hat General Bomberg ebenfalls gesprochen und da dies nun geklärt ist, sollten wir zu Ihrem Anliegen kommen.«

Chemnitzer schwieg.

»Darf ich Ihnen einen Vorschlag machen?«, fragte ich ihn mit einer Wärme in der Stimme, die ihn offenbar irritierte.

»Ich möchte Ihnen zunächst, strikt inoffiziell und wirklich vertraulich, einen Vorgang zur Kenntnis bringen, der nach meinem Dafürhalten ausschließlich das Petitum unserer Gruppe betrifft und der als Versuch gewertet werden muss, unserer Gruppe zu schaden.«

Ich gab ihm ein Exemplar des Schreibens von General von Brunoh an General Czepanski.

Er las. Dann reichte er mir das Schreiben zurück. »Darf ich mir eine Kopie fertigen lassen?«

»Um keinen Preis. Ich hoffe sehr, Sie verstehen das. Ich brachte Ihnen diesen Vorgang lediglich zur Kenntnis, um Ihren Wissensstand abzurunden und Ihnen ein Gespür dafür zu vermitteln, in welchem Spannungsfeld wir drei leben und ja auch Bronco gelebt hat. Sunshine bekam einige Zeit, nachdem dieser Brief bei General Czepanski vorgelegen haben muss, bei unserer Staffel einen an ihn adressierten Umschlag ohne Absender ausgehändigt, der eine Kopie dieses Schreibens enthielt. Sunshine unterrichtete unseren damaligen Kommodore, Oberst von Rhon, über den Erhalt des anonymen Schreibens und gestattete diesem, eine Kopie fertigen zu lassen. Wenn Sie also eine Kopie benötigen, könnten Sie sich ja an Oberst von Rhon wenden. Ich gehe allerdings davon aus, dass dieser den Inspekteur damals sofort und umfassend unterrichtet hat.«

Chemnitzer machte sich einige Notizen. Dann stand er auf und sagte: »Bitte entschuldigen Sie mich!«, und ging hinaus.

Wieder war ich allein.

Ich beschloss, Chemnitzer, sobald er zurück sein würde, mit der Tatsache zu konfrontieren, dass mir bekannt war, dass es beim MAD eine Operation BO-40 gab, die gegen uns gerichtet war. Rasch holte ich den dünnen Hefter aus meiner Tasche, in dem die wenigen Fotokopien untergebracht waren, die mir vor einiger Zeit anonym zugegangen waren und die letztlich die Informationen bestätigten, die ich mündlich letztes Jahr ja bereits erhalten hatte. Ich überflog die einzelnen Blätter, ich wollte keine Fehler machen bei dem, was ich Chemnitzer mündlich mit auf den Weg geben würde. Sollte Bomberg dann damit machen, was er für notwendig hielt!

Das Blatt 1 gab Aufschluss darüber, dass die MAD-Operation BO-40 am 18. 07. 1975 ausgelöst worden war durch die Notiz »Beobachten« auf einem Blatt, auf das ein Artikel der Fr. R. kopiert war und der sich mit unserer »Aktion Fliegerzulage« und unserem Petitum beim Deutschen Bundestag befasste. Die Notiz »Beobachten« war abgezeichnet mit dem Kurzzeichen des Amtschefs des MAD.

Auf dem Blatt 2 war eine Weisung des Oberst i. G. P. abgelichtet, der die MAD-Abteilung röm. 3 befehligte und der alle 7 MAD-Gruppen unserer Republik anwies, die »Piloten-Aktivitäten« zu beobachten. Zudem war auf diesem Blatt eine handschriftliche Notiz zu lesen, dass General Czepanski von der Luftwaffe über die Ergebnisse informiert werden wolle. Diese Notiz war mit dem Kurzzeichen des Oberst i. G. P. abgezeichnet.

Gemäß Ablichtung auf Blatt 3 widerrief der MAD-Amtschef am 08. September 1975 die Weisung des Oberst i. G. P. und formulierte den Auftrag zur Beobachtung neu.

Seither galt also die Weisung des Amtschefs MAD vom 08. September 1975 für die Operation BO-40.

Mein Hefter verschwand wieder in meiner Tasche.

Ich lehnte mich in meinem Sessel zurück, schloss die Augen. Was hatten sich diese Offiziere bloß dabei gedacht, andere Offiziere nachrichtendienstlich zu beobachten, auszuschnüffeln, nur weil diese eine grundgesetzkonforme Petition beim Deutschen Bundestag vorgelegt hatten; unvorstellbar und doch wahr! Und all das perfide Drumherum, dieses Ausweichen vor Wahrheiten, diese Wichtigtuerei mit Worthülsen und Seifenblasen, dieses Vernebeln von Tatsachen und das Verschweigen von Amts wegen. Und alle taten so erwachsen und waren überzeugt davon, in gewisser Weise intelligent zu sein. Dies alles widerte mich an.

Herr Chemnitzer kam zurück. »Fahren Sie fort!«

»Anfang August des vergangenen Jahres erfuhr ich aus einer für mich über jeden Zweifel erhabenen Quelle, dass General Czepanski sich an den Luftwaffenoberst i. G. P. beim MAD gewandt hatte, mit dem Verlangen, unsere Arbeitsgruppe auszuforschen. Ein an ihn gerichtetes Schreiben, gemeint war der Vorgang, den ich Ihnen vorhin zu lesen gab, sei anonym in unsere Hände gespielt worden und er müsse wissen, wie, weshalb und von wem.

Falls Sie sich wirklich für Einzelheiten interessieren, fragen Sie nach der Operation BO-40 bei Oberst i. G. P!«

Chemnitzers Gesicht war hochrot und es schoss förmlich aus ihm heraus: »Woher wissen Sie das alles?«

»Mit Verlaub, Herr Chemnitzer, aber dies ist die falsche Frage! Die Frage, die im Raum steht, ist doch: Gibt es beim MAD eine Operation BO-40 und wenn ja, ist sie auch uneingeschränkt rechtmäßig? Für die Beantwortung dieser beiden Fragen ist es völlig bedeutungslos, von wem ich die Informationen bekommen habe.«

Chemnitzer saß regungslos in seinem Sessel, ihm war das Unbehagen anzusehen. Wo war er da nur hineingeraten?

»Möchten Sie vielleicht einen Kaffee?«, fragte ich ihn. Er nickte stumm.

Ich ging und bat die Vorzimmerdame des Kommodores um Kaffee für uns. Nach kurzer Zeit brachte sie ihn.

Chemnitzer wirkte noch immer verstört, fahrig. Er trank zögerlich seinen Kaffee und reichte mir dann einen Bogen. »So stellen wir uns Ihren Leserbrief vor.«

Ich las den Entwurf, schwieg unanständig lange.

»Vergessen Sie es! Wenn der Inspekteur Substanzielles von uns im ›Reflektor‹ lesen will, können wir, etwas umformuliert, den Inhalt meiner Meldung an meinen Kommandeur vom 30. März, als Ergänzung zu Rundschreiben 23, an den ›Reflektor‹ schicken. Worthülsen und Allgemeinplätze kommen für uns nicht in Betracht.

General Bomberg will Ruhe in der Luftwaffe, das verstehe ich sogar, aber er kann von uns keine Unwahrheiten erwarten, unser Petitum ist rechtens und wir werden unsere Rechte auch vertreten, mit Nachdruck!«

»Glauben Sie nicht, dass Sie sich mit dieser harten Haltung etwas weit nach vorne lehnen?«

»Ich glaube in dieser Angelegenheit gar nichts, hier zählen lediglich Fakten und ich bin hier nicht derjenige, der ein Anliegen hat und mit einem Ergebnis nach Hause kommen muss.«

Chemnitzer wurde wieder aschfahl und zerriss sein Mitbringsel. »Darf ich Ihnen einen Vorschlag machen?« Er nickte wortlos.

»Wenn Sie mich fragen, ob ich, wie im ›Reflektor‹ steht, einen Verdacht gehegt und geäußert hätte, kann ich wahrheitsgemäß mit Nein antworten. Denn ich wusste ja beweisbar, in welch perfider Weise Bronco dienstlich unter Druck gesetzt worden war. Ich musste einen Verdacht also weder hegen noch äußern.«

Chemnitzer schaute mich verwirrt an, machte sich ein paar Notizen und eilte erneut hinaus, die Tür hinter sich offen lassend. Ich hörte die Schreibmaschine im Vorzimmer klappern, dann kam er zurück und reichte mir ein Blatt.

Ich überflog den darauf geschriebenen Text.

Er hatte nichts von dem begriffen, was ich ihm gerade versucht hatte zu sagen. Offenbar sollte er mich auch gar nicht anhören, sondern ich sollte eine dem Inspekteur genehme Aussage unterschreiben.

Ich gab ihm sein Blatt zurück und fragte ihn behutsam: »Darf ich Ihnen einen weiteren Vorschlag machen? Lassen Sie uns eine Pause von einer Stunde einlegen und uns danach zum Essen im Kasino treffen! Dann kann ich Ihnen eine

Abschrift des Textes des Leserbriefes geben, den wir, Devil, Sunshine und ich, in Sachen Rundschreiben 23 und ›Reflektor‹-Artikel gemeinsam an den ›Reflektor‹ richten werden.

Wenn Sie meinen Vorschlag akzeptieren, werden Devil, Sunshine und ich diesen Vorfall als erledigt betrachten.«

Chemnitzer schwieg lange. Er sah eingefallen und müde aus und sagte hölzern: »Wir sehen uns dann in einer Stunde im Kasino.« Dann verließ er den Raum.

Nachdem er die Tür hinter sich geschlossen hatte, lehnte ich mich in meinem Sessel zurück, holte den Entwurf für das Schreiben, das wir als Leserbrief an den »Reflektor« bereits vorbereitet hatten, aus meiner Tasche und las ihn nochmals durch. Unser Entwurf konnte unverändert so bleiben.

Ich bat die Vorzimmerdame, unseren Leserbrief mit vier Kopien abzuschreiben. Sie schrieb. Meine Gedanken verfingen sich in dem heute Erlebten. Waren unser Grundgesetz, das Soldatengesetz, unsere ethischen und moralischen Grundwerte in den Augen unserer Oberen tatsächlich so wenig wert?

Im Kasino in der Bar stand schon Rechtsberater Chemnitzer, vor sich einen Kaffee. Ich musste mein Bild von heute Morgen korrigieren, aus dem mächtigen Hai war ein Gummi-Entlein geworden.

Ich trank einen Wodka, holte tief und voller Entspannung Luft.

Dann bat ich Herrn Chemnitzer zu Tisch.

Als wir den Speisesaal betraten, teilte die Saalordonanz uns mit, der Kommodore habe uns seinen Tisch zur Verfügung gestellt, dieser war für zwei Personen gedeckt, wir setzten uns. Dann reichte ich ihm, wie besprochen, eine von mir abgezeichnete Kopie unseres Leserbriefes an den »Reflektor«. Chemnitzer überflog ihn kurz, sprang dann auf: »Wenn Sie mich bitte entschuldigen wollen, der Inspekteur …«

Unsere Welten drifteten wieder auseinander.

Die Klage
Freitag, den 02. 04. 1976 (X + 10 Tage)

Es war ein klarer, kalter Frühlingstag, Ost-Wetterlage. Nach einem Vormittag, angefüllt mit Büroroutine, wollte ich mich gerade auf den Weg zur Sauna machen, als mein Telefon läutete. Nachdem ich mich gemeldet hatte, bat mich eine weibliche Stimme um etwas Geduld, sie werde mich weitervermitteln. Nach einigen Augenblicken meldete sich eine mir unbekannte Stimme, es war Broncos Bruder.

Wir waren anlässlich der Trauerfeier zwar miteinander bekannt gemacht worden, Broncos Bruder wurde während seines gesamten Aufenthaltes in Leck jedoch so lückenlos abgeschirmt, dass ein, wenn auch noch so kurzes Gespräch mit ihm absolut unmöglich gemacht worden war.

Er fragte, ob ich etwas Zeit für ihn hätte, und sagte dann, er habe, auch im Auftrag seiner Eltern, Klage gegen Unbekannt erhoben, wegen fahrlässiger Tötung Broncos. Wenn mir dies möglich sei, solle ich ihm eine Verbindung zum »Reflektor« vermitteln.

Ich sicherte ihm meine uneingeschränkte Unterstützung zu, auch die von Sunshine und Devil, ich sei mir da ganz sicher. Wir verabredeten, in Kontakt zu bleiben, tauschten unsere Telefonnummern aus und ich bedankte mich herzlich für seinen Anruf.

Ich war nachdenklich geworden. General Bomberg würde diese Klage sehr hart treffen, sie zielte ins Herz seines Verantwortungsbereiches. Er würde sicher mit allen ihm zur Verfügung stehenden Mitteln versuchen, eine mögliche Verhandlung schon im Vorfeld abzuwenden. Zu viel stand auf dem Spiel.

Statt in die Sauna zu gehen, rief ich in meiner Mittagspause die »Reflektor«-Redaktion in Bonn an und bat, man möge mich mit Karl-Heinz verbinden.

»Hallo, Mav«, begrüßte mich Karl-Heinz, »was kann ich für dich tun?«

»Broncos Bruder rief gerade an und teilte mir mit, er habe, auch im Namen seiner Eltern, Klage erhoben gegen Unbekannt, wegen fahrlässiger Tötung Broncos. Er braucht kompetente Hilfe.«

»Kannst du mir seine Telefonnummer geben?«, fragte Karl-Heinz. »Ich rufe ihn gleich mal an. Ich kann im Augenblick sicher noch nicht von großem Nutzen sein, aber unsere Rechtsabteilung wird Rat wissen.«

Broncos Bruder war ebenfalls bei der Luftwaffe; er war beim nichtfliegenden Personal und, wie wir drei, Major. General Bomberg hatte also unmittelbaren Zugriff auf ihn. »Diese Klage«, dachte ich, »wird keine lange Laufzeit haben.«

Das Goliath-Papier
Sonntag, den 04. 04. 1976 (X + 12 Tage)

Am Freitagnachmittag hatte mir Oberst von der Wenden offiziell eine Kopie eines Schreibens General Czepanskis ausgehändigt. Eine Reaktion war für mich unerlässlich, weil ich namentlich in übler Weise angegriffen wurde. Ich musste mich mit einer förmlichen Beschwerde an den Inspekteur der Luftwaffe wenden. Und der Inspekteur würde reagieren müssen, das Soldatengesetz schrieb dies so vor.

Zudem würde ich, bei einem unbefriedigenden Bescheid, eine Abgabe meiner Beschwerde sowohl an den Wehrbeauftragten des Deutschen Bundestages als auch an den Vorsitzenden des Petitionsausschusses des Deutschen Bundestages in Aussicht stellen.

Die Folgen waren im Augenblick überhaupt nicht abzusehen. Aber so, wie der General agierte, ging es natürlich nicht.

General Bomberg geriet so zunehmend unter Druck. Zuerst das »Paket«, das Herr Chemnitzer ihm von hier mitgebracht hatte, dann die Klage von Broncos Bruder und nun meine Beschwerde! Was folgte noch?

Heute, am Donnerstag, hatte ich Zeit, meine Beschwerde zu schreiben. Zunächst las ich jedoch nochmals General Czepanskis Schreiben:

5 Köln 90
31. März 1976

Kommandierender General
Luftflotte

An die Herren Divisionskommandeure
und Geschwaderkommodore
gemäß Verteiler.

In der Ausgabe 14/1976 des Wochenmagazins »Der Reflektor« behandelt ein Artikel unter der Überschrift »Aktion Zulage« spekulativ den Unfall des Major Langermann am 23. 03. 1976.

Die Feststellungen des Artikels – die sich in diesem Zusammenhang u. a. auf Aussagen der Majore Seydel, Heinersen und Martin beziehen – gipfeln in dem Verdacht, Langermann sei nur deshalb so oft in die Luft geschickt worden, damit er keine Zeit fände, sich weiter um die Aktion Fliegerzulage zu kümmern.

In einem sogenannten Rundschreiben Nr. 23 vom 25. 03. 1976 äußern sich die Majore Seydel, Heinersen und Martin zum selben Sachverhalt und nennen u. a. die Bemühungen Langermanns um Erhöhung der Fliegerzulage einen Kampf zwischen etablierter Gewalt und verbrieftem Recht, den Stil des Vorgehens gegen ihn unmenschlich.

Ich habe im Einverständnis mit dem Inspekteur eine Untersuchung angeordnet. Ohne der Untersuchung vorgreifen zu wollen, muss ich aber im Interesse des inneren Gefüges unserer fliegenden Verbände folgende Fakten zu Ihrer Kenntnis bringen und Sie auffordern, die Flugzeugführer darüber zu belehren:

1. Nachdem Major Langermann zuletzt im Mai 1975 wegen vegetativer Dystonie in ärztlicher Behandlung war, wurde er – bis zum erfolgreichen Abschluss einer gezielten Kurbehandlung – fliegerisch nur sehr eingeschränkt und mit einem zweiten Piloten eingesetzt. In der Zeit vom Mai bis August 1975 belief sich seine Flugleistung auf 14 Std., 40 Min.

Am 9. Oktober 1975 wurden alle Auflagen des Flugmedizinischen Instituts Fürstenfeldbruck aufgrund des vom Institut nachgeprüften Kurerfolges wieder aufgehoben.

Major Langermann flog noch im Monat Oktober insgesamt 41 Std.

In der Folge unterlag Major Langermann der normalen Flugstundenbelastung eines Flugzeugführers in einem Einsatzgeschwader. Er verzeichnete u. a. in der Zeit vom 01. bis 23. März 1976 bei 17 Einsätzen 28 Flugstunden.

Inwieweit Major Langermann sich außerdienstlich einer zusätzlichen psychischen und physischen Belastung unterzog, kann nicht beurteilt werden, dem Fliegerarzt gegenüber – mit dem ihn seit 1970 ein enges Vertrauensverhältnis verband – hat er in der Folge keine Beschwerden erkennen lassen.

2. Zu dem im »Reflektor« geäußerten Verdacht, Langermann sei zur Straffliegerei eingesetzt worden, erübrigt sich eigentlich jede weitere Bemerkung von sachkundiger Seite. Flugzeugführer in einem Einsatzgeschwader ist der freiwilligste Beruf der Welt. Sie wissen ebenso wie ich, dass es nicht möglich und völlig falsch und abwegig ist, einen Piloten gegen seinen Willen zu zwingen. Dieses Charakteristikum ist die Besonderheit unter den verschiedensten Arten soldatischen Einsatzes und begründet die herausgehobene Stellung der Einsatzpiloten. In der Luftwaffe wird kein Pilot gegen seinen Willen zum Flugdienst eingeteilt. Es war bisher mein Eindruck, dass einsatzwillige Piloten am Fliegen gehindert werden mussten, wenn der Fliegerarzt und/oder der Staffelkapitän den Einsatz aus psychischen oder physischen Gründen für nicht angebracht hielten.

3. Major Langermann war kein – wie der »Reflektor« behauptet – äußerst unbequemer Untergebener. Sein Bestreben um Erhöhung der Jet-Flieger-Zulage wurde und wird auf allen Führungsebenen der Luftwaffe nachweislich geteilt. Sie wissen, dass er von mir auch zur Erarbeitung der Zulagenstudie herangezogen wurde. Über die Art der Durchsetzung der berechtigten Forderungen aber gab und gibt es sehr unterschiedliche Auffassungen. Während die Luftwaffenführung den institutionellen Weg als den einzig gangbaren sieht, neigte Major Langermann mehr dazu, die Mobilisierung der öffentlichen Meinung zu betreiben. Seiner Art und seinem Temperament entsprechend bot er bei diesem Vorgehen jedoch so viele Angriffsflächen, dass er längst in Zivil- und Disziplinarverfahren verwickelt worden wäre, wenn nicht die Luftwaffenführung immer wieder ausgleichend gegenüber den von ihm angegriffenen Personen gewirkt hätte.

4. Der Spekulation des »Reflektors«, eine möglichst rasche und präzise Ermittlung der Unfallursache solle dem Verdacht vorbeugen, der Major sei womöglich Opfer der von ihm kritisierten Überlastung der Jet-Piloten geworden, muss entschieden widersprochen werden. Sie wissen, dass jede Flugunfalluntersuchung vielmehr beschleunigt durchgeführt wird, damit die Ursache so schnell wie möglich erkannt wird. Dadurch soll die Zeitspanne der Unsicherheit über die Unfallursache auf ein Mindestmaß verkürzt werden und damit Flugsicherheitsrisiken erkannt und gemindert werden.

5. Ich habe Sie über Einzelheiten im Zusammenhang mit der angestrebten Erhöhung der Fliegerzulage laufend informiert. Sie und Ihre Flugzeugführer besitzen damit die Möglichkeit, sich Ihr eigenes Urteil zu bilden.

6. Ich erwarte von Ihnen, dass Sie in Ihren Verbänden sicherstellen, dass auch bei Verfolgung bestimmter Interessen die militärische Ordnung unangetastet bleibt.

(C z e p a n s k i)
Generalleutnant

Dies war in der Tat starker Tobak.

Der General hatte versucht, seinen Untergebenen seine Sicht der Dinge vorzusetzen. Der Anteil an selbstgefälliger Lobhudelei, auch an Lügen, war unanständig hoch. Was auch immer er mit diesem Schreiben bezwecken wollte, es war einem Kommandierenden General so wenig angemessen wie nur möglich!

Nachdem meine Erregtheit und mein tiefes Entsetzen sich gelegt hatten, machte ich mich an meine Beschwerde. Es würde nicht darauf ankommen, auszudrücken, was mich wirklich bewegte, beschwerte. Vielmehr galt es, faktisch so viel Druck aufzubauen, dass General Bomberg es unter keinen Umständen riskieren konnte, dass diese Beschwerde im weiteren Fortgang dem Wehrbeauftragten des Deutschen Bundestages oder gar dem Vorsitzenden des Petitionsausschusses vorgelegt würde.

Es war der klassische Zweikampf, Mann gegen Mann. Keine juristischen Schlupflöcher, kein Machtgebrauch, nur wir, ein General mit drei Sternen und ein Major, beide eingebunden in unser Grundrecht.

General Bomberg konnte lediglich auswerten, ja, er würde es müssen, fernab jeder Dialektik; was zählte, waren Fakten! Und eins stand fest, einen Rückzug würde es nicht geben!

Dieter Seydel, Major

An den Inspekteur der Luftwaffe
Herrn Generalleutnant Bomberg
5300 Bonn 1

Beschwerde!

Am 02. April 1976 wurde mir durch meinen Kommodore das Schreiben des Generals Czepanski – Az. 11-04 NfD – vom 31. März 1976 (Anlage 1) zur Kenntnis und Verbleib gegeben.
Nachfolgend aufgeführte Behauptungen General Czepanskis aus diesem Schreiben und deren breitgefächerte Verbreitung haben bei mir zu schwerwiegenden Beschwernissen geführt.

1. Zitat
»Die Feststellungen des Artikels – die sich in diesem Zusammenhang u. a. auf Aussagen der Majore Seydel, Heinersen und Martin beziehen – gipfeln in dem Verdacht, Langermann sei nur deshalb so oft in die Luft geschickt worden, damit er keine Zeit fände, sich weiter um die Aktion Fliegerzulage zu kümmern.« (Zitat Ende)
Diese Behauptung des Generals Czepanski ist gelogen. Er kann sie nicht beweisen, denn es liegen dem »Reflektor« keine Aussagen vor, aus denen hervorgehen würde, dass ich eine solche Feststellung getroffen habe.
General Czepanski hat mithin gegen § 13 SG (Soldatengesetz) – Der Soldat muss in dienstlichen Angelegenheiten die Wahrheit sagen. – verstoßen.
Zudem hat der General durch seine haltlose Unterstellung meine Menschenwürde verletzt. Artikel 1 GG (Grundgesetz) – Die Würde des Menschen ist unantastbar. Sie zu achten und zu schützen, ist Verpflichtung aller staatlichen Gewalt. –
Dieser Auftrag gilt auch für General Czepanski.

2. Zitat:
»In einem sogenannten ›Rundschreiben 23‹ vom 25. März 1976 äußern sich die Majore Seydel, Heinersen und Martin zum gleichen Sachverhalt und nennen u. a. die Bemühungen Langermanns um Erhöhung der Fliegerzulage einen Kampf zwischen etablierter Gewalt und verbrieftem Recht, den Stil des Vorgehens gegen ihn unmenschlich.« (Zitat Ende)

Diese Behauptung General Czepanskis ist ebenfalls gelogen.

Mit keinem Wort wird der Sachverhalt – »z u m g l e i c h e n S a c h v e r h a l t« – des extrem hohen Flugstundenaufkommens Major Langermanns vor seinem tragischen Tod – er flog, nach Bekunden General Czepanskis im gleichen Vorgang, vom 01. März bis 23. März 1976 28 Flugstunden. Dies entspricht einem Monatsaufkommen von 40 Std., also weit mehr als dem Doppelten des durchschnittlichen Monatsaufkommens der Einsatzflugzeugführer von 16 Std., 30 Min. – von mir im Rundschreiben 23 erwähnt.

Durch o. a. Lügen fühle ich mich u. a. auch in meiner Ehre verletzt. – Art. 5 GG (2) und § 12 SG.

Was mich besonders beschwert, ist der gesamte Vorgang des Generals Czepanski mit all seinen abstrusen und bei eingehender Überprüfung unhaltbaren Einlassungen in Verbindung mit meinem Namen.

Er ist in Teilen ein Verstoß gegen:

§ 10 SG (1) – Der Vorgesetzte soll in Haltung und Pflichterfüllung ein Beispiel geben. (6) – Offiziere und Unteroffiziere haben innerhalb und außerhalb des Dienstes bei ihren Äußerungen die Zurückhaltung zu wahren, die erforderlich ist, um das Vertrauen als Vorgesetzte zu erhalten.

§ 12 SG – Der Zusammenhalt der Bundeswehr beruht wesentlich auf Kameradschaft. Sie verpflichtet alle Soldaten, die Würde, die Ehre und die Rechte des Kameraden zu achten und ihm in Not und Gefahr beizustehen. Das schließt gegenseitige Anerkennung, Rücksicht und Achtung fremder Anschauungen ein.

Die Vorlage einer Petition beim Deutschen Bundestag ist für Soldaten ein legitimes Recht und nach Artikel 17 GG – unter Beachtung des Artikels 17 a GG – ein legaler Vorgang, der unangetastet bleiben muss, auch wenn er für Teile der militärischen Führung unbequem ist.

Versuche, ein Petitum in Misskredit zu bringen und Petenten auszugrenzen, ja zu diffamieren, sind nicht nur schlechter Stil, sie offenbaren auch ein hohes Maß an Geringschätzung, ja Missachtung fremder Anschauungen.

Sollten meine Beschwernisse nicht in ausreichendem Maße ausgeräumt werden, behalte ich mir ausdrücklich vor, diese Beschwerde, einschließlich ihrer Anlagen und des Beschwerdebescheids, sowohl beim Vorsitzenden des Petitionsausschusses des Deutschen Bundestages als auch beim Wehrbeauftragten des Deutschen Bundestages zur Vorlage zu bringen.

Seydel, Major

Dies war die Antwort Davids auf die Goliath-Attacke!

General Czepanski kannte offenbar die Grenzen seiner Macht nicht.

Seine jungen, forschen Ghostwriter, denen profunde Kenntnisse der Gesamtproblematik offenbar fehlten, hatten ihn mit »seinem« Schreiben in eine Goliath-Position manövriert, aus der es nun kein Zurück mehr gab.

Bronco war gerade 16 Tage tot.

Und schon waren wir mit unserem Petitum in eine alles entscheidende Situation gedrängt worden.

General Czepanski wollte uns biegen oder brechen, mit unangemessener Gewalt.

Ich machte einen Schritt zur Seite, ließ seinen Vorstoß ins Leere gehen und stieß gleichzeitig mit meiner Beschwerde in sein Mark, Biegen oder Brechen ausschließlich ihm überlassend.

Meine Reaktion war angemessen, unumkehrbar, pfeilschnell und überaus erfolgversprechend.

Noch war der Stein nicht im Flug, die Schleuder war jedoch schon gespannt.

In meinen Terminplaner trug ich für den 08. 04. 1976 ein: »Versand meiner Beschwerde an den Inspekteur der Luftwaffe.«

Dann begann mein Sonntag!

Vom Flugdienst suspendiert
Montag, den 05. 04. 1976 (X + 13 Tage)

Für heute Morgen hatte ich bei unserem Dorfkaufmann bereits letzte Woche eine Ausgabe des neuesten »Reflektors« bestellt. Karl-Heinz hatte vor, eine uns betreffende Notiz zu veröffentlichen.

Meine Zeit war knapp. Da ich nicht fliegen durfte, fuhr ich nicht zum Briefing, sondern direkt in den Kasernenbereich. In meinem Büro angekommen, öffnete ich das Fenster, ein Schwall eiskalter, frischer Luft kam herein. Ich setzte mich rasch an meinen Schreibtisch und begann zu lesen:

Der Reflektor Nr. 15, 05. 04. 1976
Vom Flugdienst suspendiert

Die Luftwaffe hat auf den Bericht (Der Reflektor 4/76) über den Tod des »Phantom-Piloten« Langermann, der bei seinen Kameraden als Streiter für Fliegerzulagen in hohem Ansehen stand, prompt reagiert. Generalleutnant

Czepanski vom Luftflottenkommando ordnete beim Aufklärungsgeschwader 500 in Leck eine strenge Untersuchung an. Dabei interessierte sich die Luftwaffenspitze nicht nur für das Rundschreiben 23, in dem drei Piloten den schweren Vorwurf erhoben hatten, »der Stil des Vorgehens« gegen Bronco in den letzten Wochen vor seinem Tod sei »unmenschlich« gewesen. In stundenlangen Vernehmungen versuchten die Vorgesetzten überdies herauszufinden, wer den »Reflektor« über Vorfälle und Stimmung in dem Geschwader informiert hatte. Den drei Unterzeichnern des Rundschreibens, den Majoren Seydel, Heinersen und Martin, wurden außerdem Disziplinarverfahren angedroht. Doch schon jetzt spüren Langermanns Freunde die Folgen: Seydel wurde vorläufig vom Flugdienst suspendiert. Und für Heinersen, der letzte Woche nach über 20 Dienstjahren in Pension ging, hatte sein Kommodore nicht ein Wort des Dankes übrig.

»Donnerwetter!«, dachte ich. Für Bomberg würde es eng werden. Wir mussten jetzt nachsetzen und die Spielräume enger machen. Ich würde am besten den Vorsitzenden des Petitionsausschusses anrufen.

Die Vorzimmerdame Dr. Sechslings teilte mir mit, der Herr Vorsitzende sei in einer Besprechung, in einer halben Stunde sei er jedoch kurz erreichbar.

Pünktlich um 10:00 Uhr sprach ich dann erneut vor und wurde nach einer knappen Pause durchgestellt.

»Sechsling.«

»Seydel, guten Tag, Herr Doktor!«, erwiderte ich.

»Guten Tag, Herr Seydel, wie kann ich Ihnen helfen?«

»Herr Doktor, seit unserem letzten Gespräch fühle ich mich zunehmend von Dritten unter Druck gesetzt. Das halte ich zwar aus, aber es geht um unsere Petition. Ich fürchte, dass der Fortgang negativ beeinflusst, ja gebremst werden könnte.«

»Können Sie mich möglichst rasch ins Bild setzen?«

»Selbstverständlich, Herr Vorsitzender«, erwiderte ich und schilderte ihm den Verlauf einiger gravierender Maßnahmen gegen uns, bis hin zu dem Befehl, nicht fliegen zu dürfen.

»Herr Seydel, Ihre Bitte macht mich betroffen, genauso, wie mich der Artikel über Sie und Ihre Gruppe heute im ›Reflektor‹ nachdenklich gestimmt hat. So geht das natürlich nicht. Ich werde mich Ihrer Bitte persönlich annehmen. Sie hören von mir.«

»Herzlichen Dank, Herr Doktor! Auf Wiedersehen!«

Der Leserbrief
Dienstag, den 09. 04. 1976 (X + 17 Tage)

Am Dienstag schickten wir dann unseren Leserbrief, von dem General Bomberg über seinen Rechtsberater ja bereits einen Vorabdruck hatte, an den »Reflektor«.

06. April 1976

Heinersen
2262 Stadum

Martin
2262 Leck

Seydel
2265 Ladelund

An die
Redaktion »Der Reflektor«
Postfach 110 220
2000 Hamburg 111

L e s e r b r i e f !

Zu Ihrer Veröffentlichung »Aktion Zulage« in der Ausgabe 14/76 vom 29. 03. 1976 und »Vom Flugdienst suspendiert« in der Ausgabe 15/76 vom 05. 04. 1976 stellen wir, mit der Bitte um Veröffentlichung, Folgendes fest: Wir haben den in Ihrem Artikel veröffentlichten Verdacht, Major Langermann sei nur deshalb so oft in die Luft geschickt worden, damit er keine Zeit fände, sich weiter um die Aktion Fliegerzulage zu kümmern, weder gehegt noch geäußert. Die Feststellung selbst stammt von Major Langermann.
Die Formulierung »der Stil des Vorgehens gegen ihn sei unmenschlich geworden« haben wir aus dem Entwurf des geplanten Rundschreibens 24 entnommen. Sie stammt ebenfalls von Major Langermann. Wir haben in unserem Rundschreiben Nr. 23 damit zum Ausdruck bringen wollen, dass Major Langermann im Verlauf der fast zwei Jahre dauernden »Aktion Fliegerzulage« Enttäuschungen erfahren musste, die ihn oft menschlich tief trafen, wenn nicht sogar im Innersten verletzten.

Gez: Heinersen   Gez: Martin   Gez: Seydel

Ebenfalls am 09. 04. 1976 schickte ich per Einschreiben meine Beschwerde an den Inspekteur der Luftwaffe, General Bomberg.

Erneute Vorlage der Petition vom Februar 1976
Freitag, den 12. 04. 1976 (X + 20 Tage)

Nachdem der 7. Deutsche Bundestag mit Ablauf seiner Legislaturperiode geschäftsordnungsgemäß alle noch unerledigten Petitionen formell für erledigt erklärt hatte, musste ich, als Petent, unser Petitum beim 8. Deutschen Bundestag umgehend neu vorlegen.

Dies war bisher, bedingt durch die sich überstürzenden Ereignisse, noch nicht geschehen. Nachdem wir zu der Überzeugung gelangt waren, am besten Broncos Petitum vom Februar dieses Jahres möglichst rasch und unverändert nochmals auf den Weg zu bringen, schrieb ich ein entsprechendes Anschreiben an den Vorsitzenden des Petitionsausschusses und fügte eine Kopie unserer Petition bei. Damit war der letzte der Eckpflöcke für unser zukünftiges Tätigkeitsfeld eingeschlagen.

Unsere Petition würde also weiter bearbeitet und niemand, außer dem Petitionsausschuss oder mir, dem Petenten, würde unmittelbaren Einfluss nehmen können.

Auf der Hut sein mussten wir aber vor den mittelbaren Einflüssen, mit denen wir in großer Vielfalt aus allen Richtungen, verdeckt oder offen und auch mit großer Härte und Wucht, selbst aus dem Bereich der Illegalität, zu kämpfen haben würden.

Nur gut, dass unser Petitum von alldem nicht beschädigt werden konnte.

Bei allem Mut, den wir hatten, weiterzumachen, so beschlich mich doch das Gefühl, dass unsere drei Rücken nicht breit genug sein könnten, den Belastungen dauerhaft standzuhalten. Broncos Erleben in den letzten Monaten sollte uns eine ständige Warnung sein.

Arroganz der Ohnmacht
Montag, den 13. 04. 1976 (X + 23 Tage)

Der Himmel an diesem Montag war dunkelgrau und es goss in Strömen. Als ich mein Büro betrat, läutete das Telefon.

»Von der Wenden«, kam es freundlich aus dem Hörer, »der Herr Oberst i. G. von Thalmann ist im Auftrag General Bombergs hier, um mit Ihnen zu sprechen. Kommen Sie doch gleich mal rüber in mein Büro!«

»Jawohl, Herr Oberst.«

Ich machte mich auf den Weg. Nachdem ich das Dienstzimmer unseres Kommodores betreten hatte, nahm ich Haltung an und meldete mich: »Maverick, Herr Oberst, ich melde mich, wie befohlen, zur Stelle.«

»Guten Morgen, Maverick, stehen Sie bequem! Ich möchte Sie dem Herrn Oberst von Thalmann vorstellen.«

Von Thalmann gab mir die Hand und begrüßte mich mit fester Stimme: »Sie sind also d e r Maverick.«

»Jawohl, Herr Oberst, ich bin d e r Maverick!«

»Lassen Sie uns doch Platz nehmen, der Herr von der Wenden hat sicherlich eine Fülle dienstlicher Obliegenheiten, von denen wir ihn keinesfalls fernhalten möchten!«

»Wir sehen uns dann zum Essen im Kasino«, sagte der Kommodore und ging.

Von Thalmann war dem ersten Eindruck nach der typische WASP (White Anglo-Saxon Protestant). Seine Haltung war beherrscht, seine ersten Äußerungen waren die eines Nützlichkeitsdenkers.

Er versicherte mir, der Inspekteur sei, was unser Anliegen angehe, auf unserer Seite und werde ganz bald eine neue Initiative ergreifen, auch wenn er mit einem Teil der Methoden unseres Vorgehens nicht einverstanden sein könne. Wenn wir Ruhe gäben, würde der General schon alles richten.

Von Thalmann wusste zu diesem Zeitpunkt noch nicht, dass ich unsere Petition bereits beim neuen Bundestag vorgelegt hatte, und offenbar wusste er auch noch nichts von meiner Beschwerde an den Inspekteur bezüglich der Äußerungen General Czepanskis und er hatte keine Kenntnis von der Aktion BO-40 beim MAD. Sein Hiersein war für mich völlig unverständlich. Mit dem Oberst weitere Zeit zu vertun, war unangebracht.

»Na, was halten Sie davon, Maverick?«, fragte von Thalmann.

»Bei allem gebotenen Respekt: Nichts, Herr Oberst. Unsere realen Erfolgschancen werden bei der Fortführung unserer Petition liegen. Und mein Hauptaugenmerk richtet sich zusätzlich auf die lückenlose Aufhellung der dubiosen Umstände, die zu Broncos Tod geführt haben.«

Von Thalmann erwiderte mit belegter Stimme: »Der Inspekteur hatte also recht mit seiner Einschätzung Ihrer Gruppe. Er wollte jedoch nichts unversucht lassen, was besser gewesen wäre für den guten Ruf unserer Luftwaffe in der Öffentlichkeit als der Weg, den zu beschreiten er sich nun gedrängt sieht. Sie können gehen, Maverick.«

»Herr Oberst, gestatten Sie mir noch eine letzte Bemerkung?«

»Bitte!«

»Wer kämpft, kann auch verlieren; wer nicht kämpft, hat bereits verloren. Ich melde mich ab. Herr Oberst!«

»Auf Wiedersehen, Maverick!«

Nachdenklich machte ich mich auf den Weg zurück zu meinem Büro. Dort machte ich mir einige Notizen.

Wir wussten, dass Bomberg keine andere Wahl hatte, er musste die Vogelschlag-Version für Broncos Unfall durchboxen. Wir kannten erste Wahrheiten, konnten sie jedoch nur sehr schwer beweisen, was tun?

Die Versetzung
Freitag, den 16. 04. 1976 (X + 24 Tage)

Der Fliegerarzt hatte mich wegen einer Erkältung die beiden zurückliegenden Tage hauskrank geschrieben.

Heute früh hatte ich bei der 501. Staffel mein Pilotenfrühstück eingenommen. Nun war ich auf dem Weg zum Gefechtsstand, über die Rundsprechanlage war ich dorthin beordert worden, da ein Ferngespräch für mich aufgelaufen sei. Als ich den Gefechtsstand betrat, hielt mir einer der Gefechtsstandsgefreiten schon einen Hörer hin: »Husum für Sie, Herr Major.«

»Hauptmann Löffler.«

Löffler war einer der Husumer Fluglehrer. Unumwunden teilte er mir mit, dass er eigentlich in der letzten Woche nach USA versetzt werden sollte, als Fluglehrer. Doch völlig überraschend sei statt seiner ein junger Oberleutnant aus Wittmund geschickt worden. Er habe gehört, dessen Versetzung ins Ausland sei von ganz oben angeordnet worden. – Meine Nackenhaare stellten sich auf! – Ein guter Freund von ihm, einer der Flugunfalluntersuchungsoffiziere von Husum, habe ihm unter dem Siegel strengster Verschwiegenheit mitgeteilt, die Blitzversetzung des Wittmunder FSO's habe irgendetwas mit einer Phantom aus Leck zu tun, die in Wittmund notgelandet sei an dem Tag, als Bronco tödlich verunglückte. Er glaube, diese Info könnte von Bedeutung für unsere Arbeitsgruppe sein, ich müsse sie ja nicht unbedingt von ihm haben. Ich war sprachlos.

Das war Bombergs erster Schritt, um die Durchsetzung seiner Vogelschlag-Theorie voranzutreiben, mit aller Macht. Zum ersten Mal kam in mir der Gedanke hoch, dass er Angst davor hatte, etwas könnte ans Tageslicht kommen, was es unter allen Umständen zu verbergen galt.

Mühlhoff, der junge FSO aus Wittmund – um den handelte es sich bei der Versetzung –, war ab sofort nicht mehr erreichbar. Zu etwaigen Aussagen zur Notlandung unserer Phantom in Wittmund hatten wir also keinen Zugang mehr, falls Mühlhoff überhaupt bereit gewesen wäre, eine offizielle Aussage zu machen.

Machtmenschen, auch Führungsoffiziere, nutzen Macht nicht nur, sie verwandeln sich in Macht. Bomberg war einer von ihnen.

Zwischenbescheid
Freitag, den 20. 04. 1976 (X + 27 Tage)

Das Wochenende lag vor uns. Bärbel, die Kinder und ich hatten uns fest vorgenommen, nach Römö zu fahren. Wir würden die schier unendliche Weite des wundervollen Sandstrandes und die herrliche Brandung fast für uns allein haben und dies alles richtig genießen.

Ich hatte weder einen Sonderdienst noch Bereitschaft.

Dienstlich war dieser Freitag bisher still, lediglich Routineangelegenheiten waren zu erledigen. Zunächst musste ich zum Radarbildvorhersagezentrum. Unserem Geschwader wurden neue Nachtflugrouten zugewiesen für Nachttiefflüge über dem Mittelgebirge. Die ersten Vorhersagestreifen waren fertiggestellt und mussten durch mich überprüft werden.

Mein Telefon läutete, es war mein Kommandeur, der mich in sein Büro beorderte.

»Ich soll Ihnen diesen Umschlag gegen Empfangsbestätigung aushändigen«, begrüßte er mich. »Wenn Sie hier bitte unterschreiben wollen.« Er deutete auf eine bestimmte Stelle eines Blattes. Ich nahm das Blatt, las den kurzen Text darauf, unterschrieb und reichte ihm das Blatt zurück.

Dann nahm ich meinen Umschlag, meldete mich ab und ging zurück in mein Büro.

Im Umschlag war nachfolgendes Schreiben von der Rechtsabteilung unseres Inspekteurs.

18. 04. 1976

Der Inspekteur der Luftwaffe
Rechtsberaterbüro

An Herrn Major Dieter Seydel

Betr.: Ihre Beschwerde an den Inspekteur der Luftwaffe, Herrn Generalleutnant Bomberg.
*   Hier: Zwischenbescheid*
Vorg.: Ihr Schreiben vom 08. 04. 1976

Ihre Beschwerde vom 08. 04. 1976 an den Inspekteur der Luftwaffe ist frist- und formgerecht eingegangen. Sie ist rechtmäßig.
Wegen der noch laufenden Ermittlungen ergeht noch kein abschließender Bescheid. Dieser wird Ihnen zu gegebener Zeit zugeteilt werden.
Dieser Zwischenbescheid hat aufschiebende Wirkung. Eine Rechtsbehelfsbelehrung ergeht zu diesem Zeitpunkt nicht.
Im Auftrag des Inspekteurs der Luftwaffe

Chemnitzer

Wie nicht anders zu erwarten, war dieser Bescheid gemäß Wehrbeschwerdeordnung korrekt. Mit großer Spannung wartete ich nun auf den abschließenden Bescheid, der mir auch weitere Schritte eröffnen würde. Die Zeitbombe hatte zu ticken begonnen.

Reden ist unklug, Schweigen ist Gold!
Der Abholauftrag
Dienstag, den 23. 04. 1976 (X + 31 Tage)

Für April war das Wetter erstaunlich schön. Heute vertrat ich wieder einmal Blackbird, den Einsatzstabsoffizier unserer Fliegenden Gruppe, der nach Süddeutschland fliegen sollte und erst in der Nacht zurückerwartet wurde.
Für heute war uneingeschränkter Flugbetrieb befohlen, auch mit einem der geschwadereigenen DO-28-Transportflugzeuge. Die zweiköpfige Besatzung sollte nach Wittmund fliegen, um die beschädigten und mittlerweile abgebauten Teile unserer Phantom abzuholen, mit der Highball und Rainbow ja am 23. 04. in

Wittmund notgelandet waren. Ich hatte diese Information dem Einsatzplan entnommen.

Der Summer der Direktleitung zur Technischen Gruppe ertönte, es war Oberstleutnant Pohl, der Kommandeur Technik.

»Heute fliegt doch eine unserer DOs nach Wittmund. Wir hatten für diesen Flug, wie eigentlich üblich, zwei Soldaten, die sich in der letzten Zeit besonders verdient gemacht haben, als Passagiere angemeldet. Nun höre ich, dass bei diesem Flug keine Passagiere mitfliegen sollen. Darf ich wissen, weshalb nicht?«

Ich wusste es nicht. Ich versprach, ihn umgehend zurückzurufen.

Der O. v. G. teilte mir – als ich ihn fragte – mit, unser Kommodore habe dies so verfügt. Lediglich die Besatzung habe sich an Bord zu befinden und die DO solle, sobald sie zurück sei, unverzüglich in die große Werfthalle Ost gebracht werden. Die Entladung habe nur in seinem Beisein und auf seine Anordnung zu erfolgen.

Diese Auskunft übermittelte ich unverzüglich dem Kommandeur Technik.

War dies ein weiterer Schritt in Bombergs neuem Konzept?

Devil, Sunshine und ich hatten am Abend zuvor lange und ausführlich über unsere Marschroute gesprochen und, orientiert an den neuesten Gegebenheiten, Korrekturen vorgenommen. Wir waren sehr gespannt, welche weiteren Schritte Bombergs folgen würden …

Die DO-28 flog planmäßig ab. Cowboy und Mustang saßen im Cockpit. Die planmäßige Landezeit nach dem Rückflug hierher war für 15:40 Z Uhr (16:40 Uhr Ortszeit) vorgesehen. Nach 17:00 Uhr würden nur noch wenige diensthabende Soldaten anwesend sein, einer unbeobachteten Entladung würde nichts im Wege stehen.

Was im Geschwader nur sehr wenige wussten: Ich kannte Mustang sehr gut, aus der Zeit, als wir beide auf Sylt stationiert waren. Ich würde ihn heute Abend zu Hause anrufen, um die Fakten über seinen Flug zu erfahren. Er würde sie mir mitteilen, wahrscheinlich nicht gerne und sicher nicht für uns verwertbar, aber er würde sie mir mitteilen!

Nach 20:00 Uhr rief ich Mustang zu Hause an, er war selbst am Apparat. Nachdem er meinen Namen gehört hatte, sagte er geradeheraus: »Ich weiß, Maverick, ich war schon fast beunruhigt, weil Sie noch nicht angerufen hatten, obwohl Sie von unserem Flug ja wussten. O. K., was kein Uneingeweihter bisher weiß, in Wittmund gab es gar nichts mehr abzuholen. Offiziell wurden alle von unserer notgelandeten Maschine abgebauten Teile bereits von einem Flugunfalluntersuchungsteam des Generals Flugsicherheit zur weiteren Untersuchung abgeholt. Diese Information gab uns hochoffiziell der im Einsatz befindliche Flugunfalluntersuchungsoffizier des Geschwaders. Dieser meinte zudem, er sei verwundert, dass unser Geschwader nicht unterrichtet worden sei.«

Zurück in Leck seien sie dann durch den Kommodore persönlich in die Pflicht genommen worden, ihr Wissen keinesfalls preiszugeben. Offiziell hätten sie einen Überlandflug durchgeführt, schließlich hätten sie ja auch gar nichts abgeholt. Der Flugauftrag würde noch entsprechend geändert.

Dann sagte er: »Offiziell werde ich zu keinem Wort stehen, das ich eben berichtet habe. Ich muss an meine Zukunft denken, Probleme und Schwierigkeiten kann ich keine gebrauchen. Der Kommodore hat Cowboy und mir zugesichert, dass er sich zu unserem Vorteil verwenden werde, wenn wir jetzt loyal zu ihm und zur Luftwaffe stehen würden, was auch immer das in diesem Fall bedeutet.

Es würde mir sehr leidtun, wenn Sie dafür kein Verständnis hätten, ändern an meiner Haltung würde dies nichts.«

Ich bedankte mich bei ihm, aber irgendetwas in mir war soeben zerbrochen. Tief in meinem Innersten hatte ich, zumal von einem gestandenen Jet-Jokey, eine andere Haltung erhofft. Meine Erwartungshaltung war einfach zu hoch, speziell in dieser Situation. Die überwältigende Mehrheit unserer Kameraden stand ja hinter uns und deren stille Unterstützung war von unschätzbarem Wert, zumal die Führungsverantwortlichen nie einzuschätzen vermochten, wie weitverzweigt und wirkungsvoll sie war.

Die Botschaft
Freitag, den 27. 04. 1976 (X + 34 Tage)

10:13 Uhr. Die Tür zu meinem Büro wurde schwungvoll geöffnet und mein Kommandeur Angelo trat ein. Er teilte mir mit, General von Brunoh werde unser Geschwader besuchen und wolle, neben Sunshine und dessen Frau, auch meine Frau und mich sprechen, und zwar am 02. 05. um 11:00 Uhr im Kasino.

»Jawohl, Herr Oberstleutnant«, antwortete ich, »ich werde dem Herrn General um 11:00 Uhr im Kasino zur Verfügung stehen. Meiner Frau werde ich den Wunsch General von Brunohs mitteilen. Falls sie an diesem Gespräch teilnehmen möchte, werde ich Ihnen dies rechtzeitig melden. Da meine Frau im Schuldienst ist, wird sie allerdings nicht vor 14:00 Uhr im Kasino sein können. Ich bitte Sie, Herr Oberstleutnant, dies dem Herrn General zu melden.«

Angelo verließ grußlos mein Büro. Offenbar war er irritiert von meiner Antwort. Die Möglichkeit, die Bitte eines Generals könnte von irgendjemand ausgeschlagen werden, war für ihn wohl unvorstellbar.

Abends sprach ich dann mit Bärbel. Sie war erstaunt über das außerordentlich ungewöhnliche Ansinnen des Generals. Mir zuliebe würde sie zwar kommen, aber natürlich erst nach ihrem Dienstschluss.

Wir saßen an diesem Abend noch lange zusammen, sprachen über unsere derzeitige Situation, über Schicksalhaftes, über Vergangenes, jedoch noch nicht Vergessenes und über unsere gemeinsame Zukunft, von der wir so sehr hofften, dass sie möglichst lange dauern würde, eine bange Sehnsucht zweier sich Liebender.

Neptuns Wandel
Montag, den 30. 04. 1976 (X + 37 Tage)

Montag! Schon beim Aufstehen hatte ich das Gefühl, dass es gut für mich sein würde, heute etwas kürzerzutreten. Die vergangenen Wochen hatten mich ausgelaugt.

Nun war es eben nach 10:00 Uhr. Ich beschloss, den Tag zu meiner Regeneration zu nutzen. Fröscheln war angesagt, was bedeutete, überall und nirgends zu sein.

Ich fuhr zur 502. Staffel. Auf dem Weg zum dortigen Gefechtsstand begegnete ich Wulfskin, der mit seinem G. i. B. (Guy in the Backseat), einem erfahrenen Kampfbeobachter, gerade von einem Testflug zurückgekommen war.

»Können Sie in der Lounge kurz auf mich warten?«, fragte er. »Es ist wichtig.«

In der Lounge holte ich mir einen Kaffee und setzte mich. Nach kurzer Zeit betrat Wulfskin die Lounge, holte sich ebenfalls einen Kaffee und setzte sich, tief durchatmend, neben mich. Man sah ihm die Anstrengungen des Testfluges noch an.

»Heute Morgen hat mir unser Einsatzstabsoffizier mitgeteilt, dass Neptun von unserem Fliegerarzt aus gesundheitlichen Gründen bis auf weiteres als fluguntauglich eingestuft worden sei. Dies ist sehr merkwürdig, zumal er sich vor dem letzten Gespräch mit unserem Kommodore sehr detailliert und umfangreich zu seinem Unfall äußern konnte. Ich dachte, dies könnte wichtig sein für Sie.« Wulfskin schwieg und trank an seinem Kaffee.

Ich bedankte mich bei ihm, trank meinen Kaffee aus und verließ nachdenklich die Lounge.

Was ging da vor sich? War Neptuns Veränderung eine Folge seiner schwerwiegenden Erlebnisse? War sein Vergessen begründet in dem Bedürfnis, nicht mehr an das Geschehen denken zu müssen, ein Verdrängungskampf seiner Psyche gegen die quälenden Erinnerungen? Was auch immer Ursache für die Veränderung in Neptuns Verhalten war, wir hatten davon auszugehen, dass er zu dem Zusammenstoß der Flugzeuge nun keine Aussage mehr machen würde. Diese Entwicklung war zutiefst bedauerlich, jedoch nicht mehr zu ändern. Falls es Einflüsse von außen gab, die Neptun veranlasst hatten, sein Verhalten zu korrigieren, er würde es sicher niemandem sagen, schon gar nicht Sunshine oder mir.

Unser Kommodore hatte Neptun sicherlich jede mögliche Hilfe zugesichert, sollte seine unfallbedingte Störung seines Erinnerungsvermögens dazu führen, dass er auf Dauer nicht mehr im Flugdienst einsetzbar sein würde.

Der Ornithologe
Dienstag, den 01. 05. 1976 (X + 38 Tage)

In meinem Büro bat ich unsere Vermittlung um eine Verbindung nach Köln-Wahn, zur Abteilung des Ornithologen beim General Flugsicherheit.

Regierungsdirektor Wissmar kannte ich noch aus meiner Zeit auf Sylt, wo er im Auftrag des Ministeriums gemeinsam mit Kollegen der Universität Kiel auf unserem Flugplatz an einem Forschungsprojekt gearbeitet hatte.

»Wissmar.«

»Maverick, guten Tag, Herr Doktor!«

»Guten Tag, Maverick, wir haben uns ja seit Ewigkeiten nicht gesprochen, womit kann ich Ihnen helfen?«

»Helfen könnten Sie mir sicherlich; ob Sie es dürfen, wird wohl eher die Frage sein.«

»Versuchen Sie es einfach!«, erwiderte er freundlich und offen.

»Es geht um die beiden RF-4 E von Leck, die am 23. 03. etwa zur selben Zeit über demselben Gebiet Vogelschläge gehabt haben sollen, wobei das eine Flugzeug abstürzte und das andere auf dem Flugplatz Wittmund notlandete. Frage: Gibt es bereits Erkenntnisse, welche Vogelart die jeweiligen Beschädigungen verursachte, ob es dieselbe Art war und wenn ja, welche, und bis wann wird mit dem offiziellen Abschlussbericht zu rechnen sein?«

»Leider, und Sie wissen, Maverick, ich würde Ihnen helfen, wenn ich könnte, leider bin ich nicht befugt, zu diesen beiden Fällen irgendwelche Informationen herauszugeben. Es kann Monate dauern, bis die Abschlussberichte erstellt sein werden, zumal wir in beiden Fällen bisher mit unseren Auswertungen noch gar nicht beginnen konnten, da uns noch keinerlei Materialien zur Verfügung stehen. Es tut mir leid, Ihnen nicht weiterhelfen zu können.«

»Sie haben mir mit Ihrer Antwort mehr geholfen, als ich zu hoffen gewagt hatte, Herr Doktor. Vielen Dank und alles Gute für Sie!«

Wenn Dr. Wissmann bisher, vier Wochen nach den Ereignissen vom 23. 03., noch keine verwertbaren Materialien zur Verfügung hatte, würde er auch keine mehr bekommen. Entweder müsste jemand alle Vogelspuren beseitigt haben, absolut unmöglich, oder es gab gar keine Vogelspuren, weil es keine Vogelschläge gegeben hatte.

Der Fuzzy d'Or
Mittwoch, den 02. 05. 1976 (X + 39 Tage)

Mittwoch, der Tag des Generalsbesuches.
Sunshine und Sofie hatten ihren Termin schon um 09:00 Uhr.
Niemand hatte mir erklärt, weshalb General von Brunoh Bärbel und mich sprechen wollte. Ein dubioses Begehren, völlig unüblich, nun denn!
Pünktlich um 11:00 Uhr betrat ich die Empfangshalle unseres Kasinos.
Generalmajor von Brunoh stand am hinteren Ende des weiträumigen Lichthofes, der sich an die Empfangshalle anschloss. Ich ging auf ihn zu, hielt in angemessener Entfernung vor ihm an und meldete mich zur Stelle.
Der General begrüßte mich formell und fragte sofort: »Und wo ist Ihre Frau?«
»Herr General«, erwiderte ich, »sie ist, wie ich Ihnen zu melden Herrn Oberstleutnant Angelo am vergangenen Freitag ausdrücklich bat, noch in der Schule. Sie wird dort bis 13:00 Uhr unterrichten und dann hierherkommen.«
Von Brunoh schien zunächst nicht zu verstehen. Was lief hier ab?
Dann führten wir einen Dialog in militärischem Dialekt, der in jedes absurde Theaterstück gepasst hätte.
Als Folge betraten Bärbel und ich um 12:18 Uhr das Kasino-Gebäude.
General von Brunoh stand fast an derselben Stelle wie zuvor, diesmal jedoch in Begleitung unseres Fliegerarztes. Um der protokollarischen Form Genüge zu tun, eilte ich voraus, meldete mich bei General von Brunoh und fragte: »Gestatten Sie, Herr General, dass ich Sie meiner Frau vorstelle?«
Von Brunoh stimmte durch ein kaum sichtbares Kopfnicken zu und begrüßte Bärbel.
Da die Zeit drängte, bat er uns, ihm in den kleinen Clubraum zu folgen und Platz zu nehmen.
General von Brunoh hatte, nachdem er erneut auf seine Uhr geschaut hatte, offenbar beschlossen, ohne Beiwerk direkt zu seinem eigentlichen Anliegen zu kommen.
Er wandte sich Bärbel zu und fragte sie: »Gnädige Frau, sagen Sie mir, soll Ihr Mann wieder fliegen?«

Bärbel schwieg zunächst. Ihr Gesichtsausdruck veranlasste mich, für von Brunoh Mitleid zu empfinden, obwohl er es nicht verdient hatte. Dann schaute sie zu ihm hinüber und erwiderte ihm auf seine Frage:

»Herr von Brunoh, was Frauen empfinden, deren Männer fliegen, jeden Einsatz, bei jedem Wetter, in jedem Gefahrenbereich, weiß Ihre Gattin sicherlich, fragen Sie sie einmal danach!

Mein Mann hat seinen Beruf frei gewählt und übt ihn leidenschaftlich und mit großer Hingabe aus, nicht nur als Offizier, sondern auch als Flieger.

Wer auch immer entscheiden wird, dass mein Mann wieder fliegen wird, und ich bin sicher, er wird wieder fliegen, ich werde es nicht sein. Und da meinerseits hierzu alles Erforderliche gesagt ist, möchte ich jetzt gehen, zumal Ihre Zeit ja ohnehin extrem knapp bemessen zu sein scheint.«

Bärbel erhob sich.

Von Brunoh und der Fliegerarzt sprangen verblüfft hoch, ich stand ebenfalls auf.

Bärbel reichte einem sprachlosen von Brunoh die Hand. Dann blickte sie mich an und sagte voller Wärme: »Ich möchte jetzt nach Hause. Ich nehme unseren Wagen. Sobald du nachher fertig bist, ruf mich an, ich hole dich dann ab!«

Von Brunoh bat Bärbel um einen Augenblick Geduld. Sich zu mir wendend, teilte er mir mit, ich könne jetzt schon meinen Dienst beenden, um meine Frau nach Hause zu bringen. Sein Adjutant werde mich anrufen und mir alles Weitere mitteilen. Ich nahm Haltung an und meldete mich bei ihm ab.

Dann verließen Bärbel und ich das Kasino, der Spuk hatte ein Ende. Wir begaben uns zu unserem PKW und fuhren nach Hause.

In der darauffolgenden Nacht konnte ich lange nicht einschlafen, die Nachwirkungen des Erlebten waren zu intensiv. Es war weder logisch noch emotional und schon gar nicht politisch, auch nicht parteipolitisch nachzuvollziehen, warum Menschen wie von Brunoh in hohe Führungspositionen gehievt und dort belassen oder gar weiter nach oben befördert wurden, deren Köpfe ständig mit Leere gefüllt zu sein schienen, bis in die hintersten Winkel. Mir fiel spontan von Brunohs Brief an Czepanski ein. Und das Schlimmste war, von Brunoh war kein Einzelfall.

Gegen Morgen schlief ich dann völlig erschöpft ein.

Wochen später erschien dann vor einem anderen Hintergrund im »Reflektor« unter dem Titel »Zweite Wahl« ein Artikel, der zumindest im Ansatz eine Erklärung lieferte für die Misere innerhalb der Luftwaffenführung.

Auf der Suche nach Spitzenkräften wird dem Verteidigungsminister erstmals bewusst, dass die Zahl hochqualifizierter Offiziere sehr begrenzt ist. Denn in hohe Führungspositionen rücken jetzt jene Jahrgänge, die im Krieg besonders stark dezimiert wurden.

Erste Schwierigkeiten tauchen bereits bei der Suche nach dem Nachfolger für den entlassenen Luftwaffengeneral Czepanski auf.

Spitzenkandidat für den Posten des Oberbefehlshabers der Luftflotte ist derzeit der Generalmajor von Brunoh, 54, dessen Karriere selbst nach Ansicht seiner Freunde spätestens beim Oberst hätte enden müssen. Ein Geschwaderkommodore drastisch: »Mit von Brunoh als Czepanski-Nachfolger kommen wir vom Regen, unter Umgehung der Traufe, direkt in die Scheiße.«

Der »schöne Bruno«, so sein Spitzname in der Luftwaffe, gilt als ungeschickt und unbeherrscht im Umgang mit Untergebenen. Im Juli vergangenen Jahres empfahl er sich seinem damaligen Vorgesetzten Czepanski brieflich mit der Forderung, hart gegen die für eine höhere Fliegerzulage agierenden Piloten vorzugehen. Besonders empörte ihn, dass einer der Flugzeugführer, auch noch SPD-Mitglied, sich direkt an seinen Minister gewandt und auf die schlechte Stimmung in den Geschwadern hingewiesen hatte. Dieser Mann, so von Brunohs Rezept, müsse unverzüglich »in sehr scharfer Form eine Zurechtweisung« erhalten.

Cleared for Take-off
Donnerstag, den 03. 05. 1976 (X + 40 Tage)

Es war nach den letzten verregneten Tagen ein unerwartet schöner Morgen, blauer Himmel, kleine weiße Kumulanten, dazwischen Sonnenschein.

Ich sollte zu meinem Kommandeur kommen.

Angelo saß an seinem Schreibtisch: »Stehen Sie bequem, Maverick, der Adjutant unseres Inspekteurs rief mich vorhin an und beauftragte mich, Ihnen im Auftrag General Bombergs mitzuteilen, dass Sie ab sofort wieder fliegen dürfen und zwar ohne Einschränkungen. Gleiches gelte auch für Sunshine. Zuvor habe er dies auch schon Herrn Müller vom ›Reflektor‹ ausrichten lassen. Na, zufrieden?«

»Herr Oberstleutnant«, antwortete ich kühl, »natürlich bin ich erleichtert darüber, meinen Dienst wieder uneingeschränkt ausüben zu dürfen. Ich hätte mir allerdings gewünscht, diese unglückliche Einschränkung wäre gar nicht erst verfügt worden. ›Das Gespräch‹, das General von Brunoh gestern hier im Kasino mit uns führte, war verletzend für Sunshine und mich und außerordentlich peinlich für meine Frau. In der Form hätte das alles keinesfalls ablaufen dürfen.«

Angelo spürte wohl, dass es ratsam sei, keine Fragen zu stellen, er schwieg. In diesen Sekunden waren wir beide wohl jenseits von Sieg oder Untergang. Zum ersten Mal, seit wir uns kannten, kam es mir so vor, als stünde er neben seinem »hohen Ross«.

»Gut, Maverick, Sie können gehen und, wie schon gesagt, Sie dürfen wieder fliegen.«

Ja, wir durften wieder fliegen!

Der Duft von JP – 4
Montag, den 07. 05. 1976 (X + 44 Tage)

Vor dem Eingang eines großen Kaufhauses steht ein Bettler. Er trägt eine schwarze Brille. Vor seiner Brust hängt ein Schild mit folgendem Text:

Es ist Frühling.
Sie können es sehen.
Ich nicht!

Keine Macht der Welt ist in der Lage, dem Blinden klarzumachen, was es bedeutet, sehen zu können, sehen zu dürfen, sich durch eigenes Sehen beeindrucken zu lassen.

Mit dem Fliegen, und hier ist wirkliches Fliegen gemeint, jenseits des herkömmlichen Fliegens von A nach B, ist es ähnlich. Man kann einfach nicht wirklich beschreiben, was Fliegen ist, was es bedeutet, nach jedem Start »airborne« (wörtlich: luft-geboren) zu sein, hineingehoben zu werden in eine andere Welt, in der alle Sinne eine neue, zusätzliche Dimension erhalten. Körper, Geist und Seele in voller Harmonie mit mehreren Tonnen Stahl, mit tausenden von Litern Treibstoff, mit 17 000 kp Schub hochkomprimierter Hitzeenergie, Kilometern von Kabel, einigen Zentnern Hightech-Elektronik und, und, und, um mit atemberaubender Geschwindigkeit und tödlicher Präzision eine Aufgabe zu erfüllen, vogelgleich fliegend, ohne an Grenzen zu stoßen.

Am Ende einer strengen, umfassenden Vorflugroutine waren Sunshine und ich, mit Kälteschutzanzügen, Schwimmwesten, Helmen und Flugunterlagen ausgerüstet, an der Tür des Staffelgebäudes angelangt, durch die man unmittelbaren Zugang zur Flight-Line hatte. Hier standen die flugklaren Flugzeuge. Sunshine und ich gingen hinaus und da war er, dieser Duft von verbranntem JP-4, Abgasluft unseres Flugtreibstoffes, unverkennbar, unverwechselbar, das Parfüm der ultimativen Freiheit, herübergeweht von den bereits laufenden Triebwerken anderer Phantoms auf der Ramp.

Als wir nach etwa sechs Stunden durch dieselbe Tür ins Staffelgebäude gingen, verschwitzt, erschöpft, immer noch angespannt, hatten wir

- einen Tiefflug über See (15 Meter Flughöhe über Wasser) nach Schottland, mit anschließender Landung auf dem Flugplatz der Königlich-britischen Marine, Kinnlos, im Norden Schottlands,
- dort einen Versorgungsaufenthalt zur Übernahme neuen Treibstoffes und anderer notwendiger Service-Leistungen einschließlich heißen Kaffees und einiger Sandwiches in der Lounge für Gastbesatzungen
- und einen Langstreckennavigationsflug zurück nach Leck über England, Holland und Norddeutschland hinter uns.

Alle uns erteilten Aufträge hatten wir durchgeführt, unsere Nachflugroutine erledigt.

Zahme Vögel singen von der Freiheit, wilde fliegen.

Wir waren gerade geflogen! Es war ein gutes Gefühl.

Die Mutation einer Wahrheit
Mittwoch, den 09. 05. 1976 (X + 46 Tage)

Drei fliegende Stabsoffiziere taten im Einsatzbereich unseres Stabes Dienst. Blackbird war der S3-Einsatzstabsoffizier, Iceman der S3-Eloka-Stabsoffizier und ich der S3-Nav-Lehrstabsoffizier. Mindestens einer von uns musste sich während der normalen Dienststunden ständig im S3-Büro aufhalten. Für heute und morgen vertrat ich Blackbird.

Seit einer halben Stunde saß ich an Blackbirds Schreibtisch und machte mich mit den aktuellen Vorgängen vertraut, die mich heute und morgen beschäftigen würden. Routinemäßig überflog ich die Flugauftragsformulare der erledigten Flüge und heftete sie ab.

Zwischen den Formularen stieß ich auf einen verschlossenen Umschlag, abgesandt vom Einsatzstabsoffizier des Geschwaders an den S3 der Fliegenden

Gruppe. Ich entnahm dem Umschlag einen DO-28-Flugauftrag und eine handschriftliche Notiz:

Der Do-28-Flugauftrag vom 20. 04. 1976, Abholung der beschädigten Teile der RF 4-E, DE 3505 vom Flugplatz Wittmund und der Transport nach Leck, ist zu ersetzen durch den beiliegenden DO-28-Flugauftrag. Der ursprüngliche Flugauftrag ist zu vernichten, ebenso diese Notiz.

Rambo

Der neue Flugauftrag lautete: Durchführung eines Überland-Navigationsausbildungsfluges nach Wittmund und zurück.

Alle übrigen Daten waren identisch mit denen auf dem ersten Formular. Ich fischte mir den DO-28-Ordner aus dem Regal. Dann entnahm ich diesem zunächst den »alten« Flugauftrag und fügte den »neuen« ein.

Den entnommenen alten plus Notiz verstaute ich in dem noch vor mir liegenden Umschlag, um ihn später vernichten zu können. Da kein Termin vorgegeben war, konnte ich mir Zeit damit lassen.

General Bombergs Plan, den Zusammenstoß unserer beiden RF 4-E in Vogelschlag-Unfälle umzuwandeln, war sicherlich perfekt. Aber wieso kam es trotzdem immer wieder zu Fehlern im Detail? Wieso hatte nun ausgerechnet wieder ich diese Dokumente in meinen Händen? War Bombergs Plan zu kompakt, zu sehr auf Perfektionismus abgestellt? Konnten er und seine unmittelbaren Untergebenen sich Schwächen, eigenes Versagen schon gar nicht mehr vorstellen? Hatte der ständige Umgang mit Macht einen Teil ihrer Instinkte verkümmern lassen?

Der Absturz musste ein Vogelschlag-Absturz sein. Um jeden Preis. Und es gab gute Gründe dafür.

Ein Vogelschlag war eben nicht vorhersehbar und nicht zu verhindern. Die Auswirkungen mussten hingenommen werden, bitteres Schicksal.

Für einen Zusammenstoß zweier oder mehrerer Flugzeuge in der Luft gab es immer Verantwortliche, zumindest einen, meistens jedoch mehrere Mitverantwortliche im unmittelbaren Umfeld der Flüge. Und in den meisten Fällen wären die Zusammenstöße vermeidbar gewesen, wenn Verantwortliche und Mitverantwortliche keine Fehler gemacht hätten. Fehler aber wollte man unter keinen Umständen zugeben, durfte es wohl auch nicht, man musste an die Karriere denken. Was also tun? Schweigen, vertuschen, fälschen? Waren zur Machterhaltung alle Mittel recht? Fragen, Fragen, Fragen …

Der Herrenabend
Freitag, den 11. 05. 1976 (X + 48 Tage)

Die große Freitreppe, die zum Eingang unseres Kasinos führte, war hell erleuchtet. Ich begab mich zur Garderobe, überprüfte vor einem der großen Spiegel den korrekten Sitz meiner Uniform und ging zum großen Speisesaal, in dem der formelle Teil des heutigen Herrenabends unseres Geschwaders, ein gemeinsames Abendessen aller Offiziere, stattfand.

Im Speisesaal hielt ich Ausschau nach Sunshine. Er schien jedoch noch nicht anwesend zu sein. An einem der endlos erscheinenden, fein gedeckten Tische waren noch Plätze frei. Ich setzte mich und reservierte einen Stuhl für Sunshine, nicht weit von Neptun entfernt, wie ich feststellte, was mich auf die Idee brachte, dass wir heute Abend unbedingt mit Neptun ein Gespräch führen sollten,

ein möglichst ausführliches Gespräch,

intensiv und informativ,

Neptun, Sunshine und ich,

später, in gelöster Atmosphäre,

mit gelöster Zunge,

vielleicht, sogar wahrscheinlich mit Hilfe König Alkohols,

des Steuermanns der Wahrheit durch die Klippen erzwungener oder erkaufter Verschwiegenheit ans sonst so ängstlich gemiedene Tageslicht.

Wie schon gesagt, später!

Sunshine kam und setzte sich neben mich. Der gerade erschienene Kommodore schickte sich an, Ruhe zu fordern, besonders von den jetzt schon jovial lärmenden, frischgebackenen, über 40-jährigen Leutnanten, die immer zu Scherzen aufgelegt waren.

Endlich war es so weit. Unser Oberst drang durch mit seinen Begrüßungsworten und mit seinen Wünschen für einen angenehmen Verlauf des Abends.

Die Ordonanzen begannen, die Vorspeisen aufzutragen, Gespräche kamen auf, es entstand eine Art Bienenhausatmosphäre.

Ich lenkte Sunshines Aufmerksamkeit auf Neptun und machte ihn kurz mit meiner Idee vertraut, diesen nachher in ein für uns informatives Gespräch zu verwickeln.

Dann widmeten wir uns ganz dem vorzüglichen Essen und den Smalltalks mit unseren Tischnachbarn.

Gegen 21:00 Uhr hob Oberst von der Wenden die Tafel auf, Sunshine und ich erhoben uns eilig, wir wollten Neptun nicht aus den Augen verlieren.

Sunshine gesellte sich unmittelbar zu ihm und lotste ihn geschickt in eine Barecke.

Ich ließ mich einige Schritte hinter den beiden in die gleiche Richtung treiben und zwängte mich dann an die noch freie Seite Neptuns. Ich begrüßte ihn per Handschlag und erkundigte mich nach seinem Befinden. Er berichtete umständlich über seine medizinische und auch dienstliche Behandlung nach dem Unfall. Sunshine achtete darauf, dass unsere Biere nicht schal wurden.

Nach einiger Zeit begann ich, Neptun mit allen den Unfall betreffenden uns bekannten faktischen Einzelheiten zu konfrontieren, sodass er erkennen musste, dass wir außerordentlich umfassend und lückenlos über die wahren Gegebenheiten im Bilde waren. Ich informierte ihn dann über die von Broncos Bruder eingereichte Klage gegen Unbekannt und orakelte über mögliche juristische Folgen von Falschaussagen.

Neptun, ohnehin klein und schmächtig, schien zu schrumpfen. Er wandte sich Sunshine zu: »Menschenskind, Sunshine, ihr habt ja so recht, aber das System steht nun mal gegen euch und ich muss an mich denken. Ich muss und ich will im System bleiben. Ich habe einen für mich gangbaren Weg angeboten bekommen und diesen auch bereits eingeschlagen. Ich kann und will nicht zurück, auch dann nicht, wenn ihr mich moralisch in die Scheiße taucht, damit muss und kann ich leben. Der ›laufende Meter‹ [er meinte unseren kleinen Kommodore] hat versprochen, er werde mir helfen, ihr könnt das nicht. Das stimmt doch, oder? Und falls die Juristen mich tatsächlich vor Gericht zerren, pah, mein Erinnerungsvermögen ist meine Angelegenheit!«

Er war am Ende, wir auch. Sunshine klopfte ihm wortlos auf die Schulter, wir tranken unser Bier aus und ließen Neptun auf »seinem Weg« zurück, andere Weggefährten hatte er ja genug, gerade in unserem Geschwader.

Die Talsohle
Dienstag, den 15. 05. 1976 (X + 52 Tage)

Mir schien die noch tiefstehende Sonne ins Gesicht. Sunshine hatte mich zu Hause abgeholt und wir befanden uns mit seinem PKW auf der A7, Flensburg–Hamburg, um zu seinem Kommandierungsstandort Neumünster zu fahren. Wir wollten mit Broncos Bruder, der ebenfalls nach Neumünster kommen würde, besprechen, wie wir ihn bei der Wahrnehmung seiner Interessen bezüglich seiner Klage würden unterstützen können.

Broncos Bruder hatte mich um dieses Treffen gebeten.

Die Staatsanwaltschaft würde pflichtgemäß alles untersuchen müssen und dies auch tun. Sunshine und ich hatten schon Benachrichtigungen erhalten, dass wir als Zeugen gehört werden würden und in angemessener Frist ein Termin mit uns vereinbart werde.

Wir hatten uns vorgenommen, die Staatanwaltschaft in dem Rahmen zu unterstützen, den die Aussagegenehmigung des Dienstherrn zuließ.

Wir hatten Broncos Bruder eigentlich um 10:30 Uhr erwartet.

Mittlerweile war es schon 11:30 Uhr. Wir beschlossen, zunächst bis 12:00 Uhr zu warten.

Als er um 12:00 Uhr noch immer nicht da war, ließ ich mir von Sunshine sagen, wo ich hier im Kasino ein Telefon zur Verfügung hätte, um bei der Einheit anrufen zu können, bei der der Bruder Dienst tat. Die entsprechende Nummer hatte ich in meinem Taschenkalender parat.

Die Kasernenvermittlung verband mich mit einem Anschluss, bei dem sich eine Dame meldete, die versprach, mich sofort weiterzuverbinden.

Dann meldete sich ein Oberstleutnant, der mir auf meine Frage nach Broncos Bruder hin mitteilte, dieser sei versetzt worden, er sei jedoch nicht befugt, mir mitzuteilen, wohin. Ich war sprachlos. In diese Sprachlosigkeit hinein rief er ein: »Hallo, sind Sie noch da?« Ich beeilte mich, die Frage zu bejahen, mich für die Auskunft zu bedanken und mich zu verabschieden. Ich legte auf.

Bedrückt eilte ich zurück zu Sunshine. Nachdem ich ihn informiert hatte, waren wir beide sprachlos!

Nach einer Weile sagte ich Sunshine, ich wolle noch den Privatanschluss von Broncos Bruder anrufen, vielleicht würde sich dort ja jemand melden.

»Kein Anschluss unter dieser Nummer«, tönte es aus dem Hörer.

Als ich Sunshine erzählt hatte, was abgelaufen, war, sagte er leise und verbittert: »Verdammt, verdammt, verdammt, kannst du dir vorstellen, was da passiert ist?« Ich schwieg eine Weile, dann erwiderte ich bedächtig: »Irgendeine Riesensauerei von Bomberg. Wer hat in diesem Spiel die größte Macht? Bomberg, ich spüre ihn förmlich. Es riecht, es riecht gewaltig und es riecht nach Bomberg. Komm, lass uns nach Hause fahren, hier hält uns nichts mehr!«

Auf der Rückfahrt sprachen wir wenig.

Noch am selben Abend hatte ich ein sehr langes und eingehendes Gespräch mit einem mir freundschaftlich verbundenen leitenden Beamten unseres Verteidigungsministeriums. Ich solle einfach einige Tage warten. Per Post würde ich von ihm hören. Er sagte mir, er habe in den letzten Tagen oft an mich denken müssen. Ich solle nur ja vorsichtig sein, alles kritisch prüfen und besonders umsichtig sein bei der Umsetzung von Erkenntnissen aus dem Bereich der Führung, das System dulde nun mal keine Abweichler. Er erinnere sich gerade jetzt oft an die Wochen 1966, als wir uns kennen lernten.

Damals …

Juli 1966 … Es war ein heißer Tag. Ich hatte schon zwei Flüge hinter mir. Um 08:00 und um 11:00 Uhr hatte ich mich hoch über der Nordsee mit jeweils zwei F-104-G-Starfightern von Wittmund getroffen. Ich flog mit meiner F-86-MK 5 Zielschlepp für sie. 500 Fuß hinter meinem Flugzeug zog ich an einem Stahlseil ein Schleppziel hinter mir her, ein Banner aus feinem Stahlgeflecht, das 1,50 Meter hoch und 7 Meter lang war. Innerhalb unseres Schießgebietes, das westlich der Inseln Sylt und Helgoland lag, schossen die Jagdflugzeuge auf das Schleppziel. Nach den Schießanflügen wurde das Schleppziel in niedriger Höhe neben der Startbahn des Fliegerhorstes Westerland abgeworfen. Das Banner wurde von dem Bodenteam geborgen und ausgewertet.

Um 14:00 Uhr war meine nächste Tango-Zeit. Dann würde ich mich erneut mit zwei F-104-G aus Wittmund treffen, in 20 000 Fuß Höhe, westlich von Sylt, in Richtung Helgoland fliegend, mein Schleppziel hinter mir.

Als ich aus der großen Flugzeughalle hinaustrat auf die Flight-Line, sah ich den Line-Chief der Bodencrew schon an der Maschine stehen, mit der ich gleich starten würde. Am Flugzeug angekommen, begrüßte ich ihn kurz und wir erledigten die notwendigen Formalitäten.

Ich machte meinen Überprüfungsrundgang um das Flugzeug und stieg die Leiter hoch, um ins Cockpit zu gelangen. Der Chief half mir beim Anschnallen in den Schleudersitz, gab mir meinen Helm, zog die Sicherungsstifte aus dem Schleudersitz und stieg die Leiter hinab. Nachdem er diese ausgehängt und weggelegt hatte, begannen wir mit dem vorgeschriebenen Procedere zum Anlassen des Triebwerkes. Als das Triebwerk lief und alle notwendigen Überprüfungen abgeschlossen waren, gab ich dem Chief das Zeichen, die Bremsklötze wegzunehmen, bat über Funk den Kontrollturm um Rollerlaubnis und rollte zur Startbahn 33, auf der ich in nordnordwestlicher Richtung starten würde.

Nachdem ich die Startbahn erreicht hatte, bat ich den Kontrollturm um Erlaubnis, auf diese rollen zu dürfen, was sofort genehmigt wurde. Ich passierte das Schleppziel und rollte die 500 Fuß bis zum Seilanfang. Dort erwartete mich schon der Techniker, der für das Einhängen des Schleppseiles verantwortlich war. Seinen Signalen folgend, rollte ich behutsam vorwärts, bis er mir signalisierte zu stoppen. Dann erfolgte das Signal, die Sturzflugbremsen auszufahren, gefolgt von der Anweisung, beide Hände sichtbar auf meinen Helm zu legen, um auszuschließen, dass Bedienungsfehler entstünden.

Das Schleppseil wurde in eine Öse eingehängt, die einen automatischen Abwurf ermöglichte, sobald die Sturzflugbremsen ausgefahren wurden. Nun rollte ich behutsam vorwärts, bis mir ein Haltesignal bedeutete, dass das Seil vorschriftsmäßig gespannt war, ich war fertig zum Start. Der Techniker grüßte und entfernte sich seitlich vom Flugzeug. Ich bat den Kontrollturm um Starterlaubnis, bestätigte deren Erhalt und rollte los.

Der Start mit einem Banner ist etwas heikel. Zunächst muss man langsam und weich anrollen, dann jedoch rasch mit vollem Schub weiterrollen, um rechtzeitig vor dem Startbahnende sicher in der Luft zu sein. Das Fahrwerk musste blitzartig eingefahren werden und der Steigflug musste so steil sein, dass das Schleppziel noch innerhalb der Flugplatzgrenze auf Sicherheitshöhe war. Vollgetankt war die Minimum-Fluggeschwindigkeit mit ausgefahrenen Landeklappen 175 Knoten, man durfte jedoch auch nicht schneller als 195 Knoten fliegen, weil sonst die Gefahr bestand, dass das Schleppseil reißen würde, ein Eiertanz also!

Ich hatte noch zehn Minuten bis zu meinem Treffpunkt. Nach einem Frequenzwechsel meldete ich mich bei unserem Schießgebietsradar an, das alle Flugbewegungen in unserem Sperrgebiet überwachte und auch Hilfen bei den Schießanflügen geben konnte.

In einer weiten Schleife drehte ich nach Süden in Richtung Helgoland und meldete der Radarstelle meine Ankunft in der vorgeschriebenen Höhe mit dem vorgeschriebenen Kurs.

Sekunden später hörte ich die beiden F-104-G. Sie wurden durch den Radar-Controller zu einem Punkt hinter mir gebracht und als sie Sichtkontakt meldeten, wurde die Erlaubnis erteilt, mit den Schießübungen zu beginnen.

Und dann sah ich sie in meinem Rückspiegel kommen, auf gleicher Höhe, leicht rechts versetzt.

Sie glitten vorbei, schlank, aggressiv, futuristisch anmutend, in enger Formation, ultimative Jäger.

Vor mir zog die Nr. 1 nach links oben, vier Sekunden später folgte ihm seine Nr. 2.

Ich begrüßte beide kurz über Funk, genehmigte ihnen ihre Schießanflüge und forderte beide auf, nur dann scharf zu schießen, wenn ich dies in jedem Einzelfall genehmigt hätte. Sie antworteten nacheinander, dass sie dies verstanden hätten, und dann meldete die Nr. 1 auch schon den ersten Anflug. Ich sah ihn im Rückspiegel kommen, perfekt, und ich gab die Erlaubnis zum scharfen Schießen. Die Rauchwolke an seinem Bug zeigte, dass er schoss, und dann zischte er auch schon rechts vorbei und zog wieder nach links oben. Die Nr. 2 kam herein, bat um einen Anflug, ohne zu schießen, ich sagte: »O. K.« Auch er passierte mich rechts und zog dann ebenfalls nach links oben.

Ich machte rasch einen Cockpit-Check, alles war O. K.

»Nr. 2, bail out, bail out!«, schrie die Stimme der Nr. 1 aufgeregt. (»Bail out« ist die Aufforderung, das Flugzeug sofort mit dem Schleudersitz zu verlassen.)

Ich war wie elektrisiert. Mein Kopf flog herum nach links, ich schaute suchend nach oben.

Da stand eine der F-104-Gs senkrecht in der Luft, anscheinend ohne Vorwärtsgeschwindigkeit. In der Höhe des Cockpits ein blitzartiger Lichtreflex. Im selben Augenblick kippte das Flugzeug nach vorn, wurde im Senkrechtflug nach unten rasend schnell und schlug nach wenigen Sekunden mit ungeheurer Wucht ins Meer.

Ich schaltete sofort die Notfrequenz auf mein Funkgerät und setzte eine Notfallmeldung ab. Gleichzeitig warf ich das Schleppziel ab, fuhr die Landeklappen ein und bescheunigte auf 300 Knoten, um voll manövrierfähig zu sein. Die Nr. 1 rief über Funk, seine Nr. 2 sei wohl mit dem Schleudersitz ausgestiegen und er habe mit der Suche nach dem Rettungsschirm begonnen. Er befinde sich in einem flachen Sinkflug und passiere gerade 20 000 Fuß.

Es war sehr dunstig.

Ich ließ mir von unserer Radarleitstelle die Position der Nr. 1 in Relation zu mir geben, unser Sicherheitsabstand war ausreichend.

Wir flogen in unterschiedlichen Höhen Kreise um die Position, an der der mögliche Ausstieg erfolgt war.

Nach wenigen Minuten sah die Nr. 1 den Rettungsschirm mit dem daranhängenden Piloten.

Als er mich eingewiesen hatte und ich ebenfalls Sichtkontakt zu dem Rettungsschirm hatte, meldete er sich ab, da sein Treibstoff knapp wurde und er noch nach Wittmund musste.

Ich flog einen Kreis um den Schirm der Nr. 2 und ließ den Controller unseres Radars die Position exakt auf dem Radarscope markieren. Dies würde das Auffinden der Nr. 2 im Wasser durch die SAR-Hubschrauber und -Boote erleichtern.

Die gelbe Warnleuchte in meinem Cockpit, die einen niedrigen Treibstoffvorrat anzeigte, leuchtete grell und unmissverständlich auf, höchste Zeit also, meinen Rückflug nach Sylt anzutreten.

20 Meilen südwestlich der Insel leuchtete dann das rote Warnlicht für Minimum-Treibstoffvorrat. Ich meldete dem Kontrollturm meine Notsituation und bat um sofortige Landeerlaubnis, die sofort erteilt wurde.

Mit einem Sicherheitsgleitflug flog ich bis zum Landebahnanfang, fuhr die Landeklappen und das Fahrwerk aus und setzte auch schon auf.

Unsere Radarleitstelle hatte mittlerweile alle erforderlichen Maßnahmen eingeleitet. Alle verfügbaren SAR-Mittel waren alarmiert und teils schon im Einsatz. In meinem Büro angekommen, rief ich sofort die Radarleitstelle an. Die Nachricht, die ich erhielt, schockierte mich. Weder der Pilot noch der Rettungsschirm waren bisher gefunden worden.

Ich war zutiefst aufgewühlt und deprimiert. Die negativen Vorahnungen, die in mir hochkamen, bestätigten sich im Laufe der Nacht und der nächsten Tage und Wochen.

Nach 14 Tagen wurde der Pilot tot geborgen, er war noch an seinem Rettungsschirm angeschnallt.

Er war durch einen schweren Gegenstand mit großer Wucht am Kopf getroffen worden und sofort tot.

Offenbar hatte ihn sein Schleudersitz kurz nach dem Ausstieg und nach erfolgter Sitz-Mann-Trennung erschlagen.

Es folgten Wochen der Anhörungen, der Untersuchungen, der Analysen. Und eines wurde immer sicherer, es war nicht auszuschließen, ja eher wahrscheinlich, dass solche fatalen Unfälle sich nach einem Schleudersitzausstieg aus einer F-104-G wiederholen würden.

Der Verteidigungsausschuss des Deutschen Bundestages erklärte sich zum Untersuchungsausschuss, mit dem Ziel, bestmögliche Aufklärung zu erwirken, um dann Abhilfe zu schaffen.

Für einen Zeitraum von drei Tagen wurde ich nach Bonn beordert, um vor dem Ausschuss bei Bedarf in Einzelfragen zur Beantwortung zur Verfügung zu stehen.

Als ich im Bundestagsgebäude ankam, wurde ich durch einen sehr höflichen älteren Herrn empfangen, der meine Vorladungspapiere und meine Ausweise sehr genau überprüfte und mich dann zu einem Zimmer in der Protokollabteilung brachte.

Wir traten ein, er stellte mich einem jüngeren Herrn vor, sagte, dies sei der Herr Dr. Dr. Bremmer, und verließ das Büro.

Wie begrüßten uns per Handschlag und er bat mich, Platz zu nehmen. Er sagte, er sei von der Protokollabteilung des Bundestages und der Vorsitzende des Verteidigungsausschusses habe ihn beauftragt, mich für die Zeit meines Aufenthaltes unter seine Fittiche zu nehmen.

Wir waren etwa gleich alt.

Im Laufe der nächsten Stunden erklärte er mir die Protokollfragen, die Funktion und den Auftrag des Verteidigungsausschusses als Untersuchungsausschuss, den offiziellen Umgang mit den Abgeordneten und wir sprachen über die vielfältigen Methoden, mit denen Pressevertreter versuchen würden, Informationen von mir zu erlangen.

Einen ersten Eindruck hatte er mir vermittelt von dem, was in etwa ablaufen würde. Nun gab er mir einen Plan mit der Lage meines Zimmers in einem benachbarten Gebäude und er bot mir an, mich um 19:00 Uhr zum Abendessen am Empfang zu treffen, falls ich nicht schon andere Pläne hätte. Ich sagte zu, bedankte mich und verließ sein Büro.

Die nächsten Tage waren angefüllt mit offiziellen Anhörungen vor dem Ausschuss und mit Einzelgesprächen, mit Einzelgesprächen in der Lobby des Bundestages und während der Mahlzeiten. Ohne die intensive Hilfe von Dr. Dr. Bremmer wäre all das für mich nicht möglich gewesen.

Nebenbei erfuhr ich, dass Dr. Dr. Bremmer Hauptmann der Reserve bei der Luftwaffe sei und relativ regelmäßig zu Wehrübungen ging. Als ich mit ihm einmal darüber sprach, regte ich an, er solle doch mal zu unserer Einheit nach Sylt kommen. Er lachte hintergründig, sagte aber nichts.

Nach der Beendigung aller Untersuchungen schlug der Verteidigungsausschuss dem Parlament vor, die F-104-G-Flotte der Bundeswehr mit einem anderen Rettungssystem ausstatten zu lassen.

Dr. Dr. Bremmer kam zu seiner nächsten Wehrübung zu unserer Einheit auf die Insel Sylt, wiederholte dies danach in regelmäßigen Abständen und es entwickelte sich eine herzliche Freundschaft zwischen uns, die uns beiden sehr viel bedeutete.

Montag, den 24. 05. 1976 (X + 61 Tage)
Der Augenblick der Wahrheit

Als ich am Montagabend nach Hause kam, war Post da, aus Bonn. Zunächst nichts Ungewöhnliches.

In einem Umschlag befand sich ein handschriftlich beschriebenes Blatt, ohne Anschrift, ohne Absender, ohne Unterschrift …

Freitag, 07. 05. 76, 11:00 Uhr
General Bomberg auf eigene dringende Bitte hin bei Staatssekretär Fingerling zum Gespräch.

Mittwoch, 12. 05. 76, 16:00 Uhr
Broncos Bruder zum Gespräch zu Staatssekretär Fingerling beordert.

Donnerstag, 13. 05. 76, 11:00 Uhr.
Broncos Bruder erneut bei Staatssekretär Fingerling. Anwesend auch General Bomberg. Broncos Bruder übergibt dem Staatssekretär eine Abschrift seines

Schreibens an die zuständige Staatsanwaltschaft, mit dem er seine Klage formell und vollständig, auch im Namen seiner Eltern, zurückzog.

Freitag, 14. 05. 76, 10:00 Uhr.
Broncos Bruder meldet sich beim Inspekteur der Luftwaffe, General Bomberg. Dieser beförderte ihn, mit sofortiger Wirkung, zum Oberstleutnant. Zudem wird ihm seine Versetzungsverfügung zur Deutschen Botschaft in der Türkei nach Ankara ausgehändigt, wo er die Dienstgeschäfte des Luftwaffenattachés übernehmen soll. Dienstantritt am Mittwoch, den 19. 05. 76.

Ich war fassungslos, las den Text noch einmal. Ich konnte es nicht glauben.
Ein Lehrstück über die willkürliche Anwendung von Macht!
Die Klage war vom Tisch, das Recht war aus dem Spiel!

Bei allem, was die Begleitumstände von Broncos Flugunfall betraf, hatten sich unsere Befürchtungen erfüllt, bis hin zu der gnadenlosen Hilflosigkeit, mit der wir Abläufe an uns vorbeiziehen lassen mussten, ohne Einfluss, korrigierend eingreifen oder sie gar stoppen zu können.
Kein Zweifel mehr, es ging um die Angst Mächtiger, ihren Einfluss zu verlieren, plötzlich in der Bedeutungslosigkeit zu versinken, aus der Liga der Großen abgeschoben zu werden in das Heer der kleinen Geister, die nicht müde wurden, zu erzählen, wie toll sie vormals alles im Griff hatten, als sie noch etwas im Griff hatten.
General Bomberg hatte auf seine Weise das Kapitel »Flugunfall Bronco« abgeschlossen. Die Mächtigen blieben mächtig. Einige Mitläufer ließ man einfach in Ungnade fallen. Die erreichte Lösung war für alle Teilhaber befriedigend und »eine andere Lösung hätte Bronco auch nicht wieder lebendig gemacht«. (Staatssekretär Fingerling zu Broncos Bruder anlässlich ihres Gespräches am 12. 05. 76 nach Aussage eines dort Anwesenden.) Ich war an einem Punkt angelangt, an dem ich mir eingestehen musste, dass die Wahrheit so verstellt, entstellt, ja verstümmelt worden war, dass sie nicht mehr erkennbar, auch nicht mehr erreichbar sein würde. Ich musste mich von ihr lösen, jetzt, ohne sie jemals zu vergessen, you got to expect losses!
In einer Auseinandersetzung, die ohne Regeln geführt wird, in der es weder Gebote noch Verbote gibt, gibt es auch keine Fairness, das musste ich jetzt bei jedem Schritt bedenken.
Ich würde meine ganze Energie nun konzentrieren können auf unsere Petition.

Bevor ich die nächsten Schritte für uns planen konnte, wollte ich auf jeden Fall nochmals Dr. Dr. Bremmer anrufen. Aus vielerlei Gründen, wie sich schon bald herausgestellt hatte, guten Gründen, hatten wir für unseren gemeinsamen Umgang miteinander einen Code-Namen für ihn vereinbart, der unverfänglich war und keine Rückschlüsse auf seine Identität zuließ, »Starlight«.

Gleich morgen würde ich also Starlight anrufen.

Die Freiheit aus der Tiefe
Dienstag, den 25. 05. 1976 (X + 62 Tage)

Gleich zu Dienstbeginn begab ich mich in unseren Gefechtsstand und bat den O. v. G., ein Telefongespräch aus dem Ruheraum führen zu dürfen. Er war erstaunt, dass ich überhaupt fragte, und sagte dann, dies sei doch selbstverständlich.

Ich rief über eine mir bekannte, geschützte Leitung eine NATO-Vermittlung an und ließ mich mit dem Anschluss von Starlight beim Verteidigungsministerium verbinden.

»Eilmann«, meldete sich eine weibliche Stimme.

»Seydel«, meldete ich mich, »ich möchte bitte Dr. Dr. Bremmer sprechen.«

Einige Sekunden zögerliches Schweigen, dann: »Darf ich fragen, in welcher Angelegenheit?«

»Sagen Sie ihm bitte, es sei ein Gespräch aus Leck!«, sagte ich langsam.

»Einen Augenblick, bitte!«

»Mav, ich habe deinen Anruf erwartet, wie geht es dir und euch da oben?«, es war Starlight, seine Stimme klang angespannt. »Ist deine Leitung O. K.?«

»Ich bin auf einer ACE-Line.«

»Wie kann ich dir helfen?«

Ich informierte ihn unumwunden über die Fragen, die mich beschäftigten.

Starlight antwortete: »Lass es mich mal so sagen, bei der Aufarbeitung von Broncos Flugunfallgeschichte stimmt irgendetwas ganz Entscheidendes nicht! Was ich so am Rande mitbekommen habe, wurden anfangs schwere Fehler gemacht. Dann verlor man sich im Dickicht stümperhaft versuchter Schadensbegrenzung. Verbockt hat die ganze Geschichte wohl euer General Czepanski mit seiner Seilschaft. Und General Bomberg mit seinen Fehlentscheidungen, zu denen er eisern steht, macht auch keine glückliche Figur. Wenn nun noch allzu viel dazukommt, werden personelle Veränderungen unumgänglich werden. Unser Jupp ist über vieles verbittert und er traut manchen Generälen nicht mehr.

Zu eurer Gruppe Folgendes: Wenn ihr wollt, könnt ihr einiges in Bewegung setzen, eines kann ich euch aber versichern und was ich nun sage, meine ich sehr ernst, leichter wird es unter etwaigen ›Neuen‹ nicht.

Und noch etwas gebe ich euch zu bedenken, Generäle hassen es, hilflos zu erscheinen. Und euch müssen sie gewähren lassen, müssen euer Petitum gar öffentlich für rechtens erklären. Hass ist eine schreckliche Triebfeder für Rachegelüste.«

Er schwieg.

Ich schwieg ebenfalls, dann fasste ich mir ein Herz und sagte:

»Du, Starlight, ich habe da noch etwas auf meiner Seele, was mich sehr bedrückt. Der MAD überwacht unsere Gruppe und zwar schon seit August 1975.«

Sein Schweigen war irritierend lang. Ich setzte nach: »Falls du dich umfassender darüber informieren möchtest, frag nach der Operation BO-40, Leiter Oberst Mümmel!«

»Mensch, Mav, bist du dir darüber im Klaren, was du da weißt?«

»Ja, deshalb habe ich es dir ja gesagt, es ist extrem belastend und bedrückend. Ich hätte diese Herren Kameraden gerne vom Hals.«

»Unternimm du gar nichts! Ich spreche noch heute mit Staatssekretär Birkenstock, dann seid ihr sie schnellstmöglich los«, sagte er fest.

»Danke, Starlight«, sagte ich, »danke für alles!«

»Mensch, Mav, pass bloß auf dich auf! Und wenn du wirkliche Hilfe brauchst, du weißt ja, wie und wo du mich findest, mach's gut!«

»Du auch, Starlight, und nochmals danke!«

Er klickte mich zurück zu ACE, eine weibliche Stimme fragte mich: »Sir, are you in need of any other connection?«

»No, thank you.«

Sie unterbrach die Verbindung. Ich verließ den Gefechtsstand so angespannt wie kaum zuvor.

Bomberg hatte uns herausgefordert, nun konnte er angesichts der außer Kontrolle geratenden MAD-Klamotte beweisen, wie gut er wirklich war.

Post
Mittwoch, den 26. 05. 1976 (X + 64 Tage)

Am 26. Mai, meinem 37. Geburtstag, erhielt ich das nachfolgende Antwortschreiben des Petitionsausschusses des Deutschen Bundestages, auf meinen Antrag vom 25. 03. 1976 hin.

53 Bonn, 24. Mai 1976
Bundeshaus
Fernruf 16-5797

Deutscher Bundestag
Petitionsausschuss

Pet. 600 J-7-5102-23106
(Bitte bei allen Zuschriften angeben!)

Herrn
Seydel

Betr.: Berufssoldaten und Soldaten auf Zeit (Bezüge)
Bezug: Ihr Schreiben vom 25. 03. 1976

Sehr geehrter Herr Seydel!
Ich habe zur Kenntnis genommen, dass Sie sich die Anliegen von Herrn Langermann, der verstorben ist, zu eigen gemacht haben.
Diese Anliegen stehen im Zusammenhang mit Gesetzesvorhaben, die zurzeit im Innenausschuss des Deutschen Bundestages federführend behandelt werden.
Soweit Sie eine Anhebung der Versorgungsbezüge für Berufsoffiziere mit besonderer Altersgrenze (BO-40), eine Gleichstellung der Hinterbliebenen dieser Offiziere mit denjenigen eines Berufsoffiziers bei einem Dienstunfall und die unbeschränkte Ruhegehaltsfähigkeit der Stellenzulage (Nr. 6 der Vorbemerkung zur Bundesbesoldungsordnung A und B-Anlage röm. 1 zum BBesG.) fordern, wird Ihre Eingabe als Material zum Entwurf eines Gesetzes über die Versorgung der Beamten und Richter in Bund und Ländern (BeamtVG-Bt-Drucksache 7/2505), und soweit Sie um die laufende Teilnahme der genannten Stellenzulage an den jeweiligen Erhöhungen der Dienstbezüge bitten, als Material zum Entwurf des 5. Besoldungserhöhungsgesetzes

(BT-Drucksache 7/5192) gemäß § 112 Abs. 1 Satz 2 der Geschäftsordnung des Deutschen Bundestages dem Innenausschuss des Deutschen Bundestages überwiesen.
Infolge starker Arbeitsbelastung war es leider nicht möglich, Ihnen früher zu schreiben. Dafür bitte ich um Verständnis.

Mit freundlichen Grüßen

Im Auftrag
(Pohl)

Noch mehr Post
Donnerstag, den 27. 05. 1976 (X + 65 Tage)

Heute erhielt ich ein Schreiben von der Staatsanwaltschaft, bei der Broncos Bruder seine Klage eingereicht hatte und bei der ich schon einen Termin hatte, um zu dem Tod von Bronco gehört zu werden. In diesem Schreiben wurde mir mitgeteilt, dass Broncos Bruder seine Klage zurückgezogen habe und das Verfahren eingestellt worden sei. Eine Weiterverfolgung in der Sache durch die Staatsanwaltschaft sei nach Aktenlage nicht gerechtfertigt. Meine Anhörung sei daher hinfällig.
Abends rief ich Sunshine an, um ihn zu informieren. Er hatte das gleiche Schreiben erhalten.

Jetzt, da die Operation BO-40 des MAD sozusagen enttarnt war und entsprechende Informationen als Selbstläufer immer größere Kreise ziehen würden, wollte ich mich von allem dienstlichen Ballast, der mit unserem Petitum ursächlich nichts zu tun hatte, befreien.
Der größte noch anhängige Vorgang war meine Beschwerde gegen General Czepanski beim Inspekteur. Ich würde sie einfach zurückziehen unter dem Hinweis, dass gemäß Wehrbeschwerdeordnung einer Beschwerde auch dann uneingeschränkt nachzugehen sei, wenn sie zurückgezogen würde. Lediglich die Beantwortung an den Beschwerdeführer entfalle.
Für mich war General Czepanski bereits nicht mehr im Ring, wozu also noch eine bedeutungslose Antwort?
Ich setzte ein entsprechendes Schreiben an den Inspekteur auf und als ich sicher war, dass alle wichtigen Feststellungen den Ansprüchen der Wehrbeschwerdeord-

nung genügten, war ich zufrieden. Gleich morgen früh würde ich das Schreiben versandfertig machen lassen.

Der Blitzbesuch
Mittwoch, den 10. 06. 1976 (X + 75 Tage)

Die letzten Tage waren anstrengend gewesen. Ich war fünfmal geflogen, drei See-Tiefflüge über der Ostsee, einen Langstrecken-Navigationsflug und einen Nacht-Tiefflug über dem Mittelgebirge bei lausigem Wetter.

Gleich zu Dienstbeginn rief mich mein Kommodore an und befahl mir, mich im Blauzeug (Ausgeh-Uniform) zur 501. Staffel zu begeben, mich unverzüglich beim dort anwesenden Kommandeur Fliegende Gruppe zu melden und dann dort zu warten, bis er käme.

Ich meldete mich telefonisch bei Fräulein Jansen ab zur 501. Staffel, zog mich um, nahm meine Aktentasche und fuhr zum Flugplatz.

Im Staffelgebäude ging ich sofort zum Büro des Staffelkapitäns und trat ein. Oberstleutnant Angelo begrüßte mich sehr steif und förmlich und verließ ohne irgendeine Bemerkung das Zimmer. Es war 09:18 Uhr, ich war allein und ich begann auf unseren Kommodore zu warten. Es war eben nach 10:00 Uhr, als ich draußen auf der Flight-Line die Triebwerkgeräusche eines fremden Flugzeugtyps hörte. Vom Fenster aus konnte ich eine Maschine der Regierungsstaffel sehen, die gerade unmittelbar in Nähe des Staffelgebäudes eingeparkt wurde. Nach kurzer Zeit öffnete sich der Ausstieg und die kleine Leiter fuhr automatisch herunter. Unser Kommodore kam herangeeilt und dem Flugzeug entstiegen General Bomberg und sein Adjutant, Oberst Brosch. Die drei kamen auf das Staffelgebäude zu. Blitzartig wurde mir klar, Bomberg wollte zu mir und zwar ohne viel Aufsehen. Aber was wollte er von mir? Meine Nackenhaare stellten sich auf. Viel Zeit, Überlegungen anzustellen, war nicht. Spontan beschloss ich, ihm auf jeden Fall den Widerruf meiner Czepanski-Beschwerde zu überreichen und so zu tun, als hätte ich von seinem heutigen Besuch gewusst.

Die Tür wurde schwungvoll geöffnet und General Bomberg trat ein, gefolgt von Oberst Brosch. Dieser schloss die Tür hinter sich. Ich nahm Haltung an und grüßte vorschriftsmäßig, blieb aber stumm.

Bomberg sagte kalt: »Guten Morgen, Maverick!«

»Guten Morgen, Herr General!«, erwiderte ich fest.

»Wie geht es Ihnen, wir haben uns lange nicht gesehen. Ich bin hier, um mich von Ihnen über Ihre Pläne für die nächste Zeit unterrichten zu lassen.«

»Es geht mir gut, Herr General, und meine dienstlichen Pläne liegen offen. Ich werde meine Restdienstzeit hier beim Geschwader abdienen und ich tue dies mit Freude, besonders der fliegerische Teil meiner Aufgaben gefällt mir uneingeschränkt gut.«

»Das meine ich nicht«, sagte er hart, »mich interessiert Ihr weiteres Vorgehen und natürlich das Ihrer Gruppe in Bezug auf die Petition, die Sie ja beim Bundestag erneut vorgelegt haben.«

»Herr General, der Gesamtkomplex Petitionen, Broncos Unfall, General Czepanskis Attacke gegen uns, meine Beschwerde an Sie und der, wie sich noch herausstellen wird, dubiose MAD-Einsatz gegen uns bedarf einer extrem behutsamen, jedoch umfassenden und möglichst breit gefächerten Betrachtung und Behandlung. Wenn Sie, Herr General, auf die Anwesenheit Ihres Adjutanten verzichten könnten, würde es leichter für mich und unter Umständen ergiebiger für Sie sein, unser Gespräch fortzusetzen.«

General Bomberg wandte sich Oberst Brosch zu und nickte kaum sichtbar. Daraufhin verließ der Oberst das Büro, Bomberg und ich waren allein.

»Darf ich Ihnen, Herr General, zunächst ein Schreiben aushändigen, mit dem ich meine an Sie gerichtete Beschwerde gegen General Czepanski zurückziehe?« Ich angelte den Briefumschlag mit meinem Schreiben an Bomberg aus meiner Aktentasche und gab diesen dem General.

»Nach einem sehr informativen Gespräch mit einem Herrn aus der Umgebung Staatssekretär Fingerlings bin ich zu der Überzeugung gelangt, dass meine Beschwerde mit den kommenden Ereignissen, die sich abzeichnen, zwar nicht erledigt, aber bedeutungslos werden wird. Da die Chancen für einen Erfolg unseres Petitums gar nicht schlecht stehen, werden wir uns nur noch um seinen Fortgang bemühen. Man wird von mir und auch von meinen beiden Kameraden keinerlei substanzielle Feststellungen zu all den dienstlichen Verstrickungen mit unserem Petitum bekommen, die im Laufe der letzten beiden Jahre, teils sehr intensiv, entstanden sind, schon gar nicht zu dem MAD-Einsatz gegen uns. Etwaigen Lügengeschichten werden wir jedoch angemessen begegnen. Mehr habe ich nicht zu sagen, Herr General.«

Bomberg schwieg. Er erhob sich und fragte im Gehen: »Woher wussten Sie, dass ich heute komme?«

»Herr General, Sie wissen, wir haben rund 1 200 Piloten in unserer Luftwaffe, 1 132 unterstützen unsere Aktion.« Dann schwieg ich.

Seinen Umschlag in der Hand haltend, verließ er wortlos das Büro. Ich nahm Haltung an und grüßte hinter ihm her …

Schwanengesang
Donnerstag, den 17. 06. 1976 (X + 87 Tage)

General Bomberg konfrontierte – nicht unerwartet – unter dem Datum 15. 06. 1976 alle Adressaten, die sich hinter dem Luftwaffenpost-Außenverteiler röm. C verbargen, mit dem Inhalt des nachfolgenden Schreibens und schloss damit den »Fall Bronco/ ›Reflektor‹-Artikel/Rundschreiben 23« dienstlich ab. Er hoffte wohl, möglichst viele der potentiellen Leser würden, da unbedarft, über die wahren Sachverhalte uninformiert oder auch nur uninteressiert, akzeptieren, was da zusammengeschrieben worden war. Zudem war ja schon so viel Zeit ins Land gegangen, dass die Erinnerung an die Vorgänge bei vielen Lesern des Schreibens schon verblasst war.

Dieses Schreiben war sein Schwanengesang und wir schwiegen in der Öffentlichkeit dazu.

»Wenn ein Schwan singt, schweigen die Tiere!«

Für mich stand aber fest, mit diesem Schreiben würde ich mich sehr eingehend auseinandersetzen wollen und müssen. Es war einfach zu abgehoben perfide.

Nach intensiver Analyse entschied ich mich, eine synoptische Darstellung zu erarbeiten, bei der die Feststellungen dieses »Bomberg-Schreibens« den mir bekannten, relevanten Fakten direkt gegenübergestellt sein würden. In welcher Weise und wie umfangreich – bzw. ob überhaupt – diese Synopse dann Verwendung finden würde, blieb offen, ich wollte sie lediglich sofort zur Verfügung haben, falls dies erforderlich würde.

Synopse

Bomberg-Schreiben
In einem Artikel des Nachrichtenmagazins »Der Reflektor« vom 29. 03. 1976 wurden in Verbindung mit Broncos Flugunfall Vorwürfe gegen seine Vorgesetzten erhoben, die in der Behauptung gipfelten, er sei deshalb so häufig zum Fliegen eingesetzt worden, damit er keine Zeit fände, sich um die »Aktion Fliegerzulage« zu kümmern.

Auszug »Reflektor«-Artikel
… Broncos Geschwaderkameraden Maverick, Devil und Sunshine hingegen hegen einen bösen Verdacht: Bronco sei nur deshalb so oft in die Luft geschickt worden, damit er keine Zeit fände, sich weiter um die »Aktion Fliegerzulage« zu kümmern.

Anmerkung
Die Feststellung bezüglich der Häufigkeit seiner fliegerischen Einsätze wurde
von Bronco in den letzten Wochen vor seinem Tod immer wieder getroffen.
Hierfür gibt es Zeugen.
In o. a. »Reflektor«-Auszug gipfelt überhaupt nichts in einer Behauptung.
Die o. a. Feststellung im »Bomberg-Schreiben« muss als Unvermögen der
Herren Rechtsberater angesehen werden, Faktisches von einer Vermutung
zu unterscheiden, will man die böse Absicht, wissentlich falsch darzustellen,
nicht unterstellen.

Bomberg-Schreiben
Im Einvernehmen mit mir veranlasste daraufhin der Kommandierende
General der Luftflotte eine Untersuchung durch die zuständigen
Rechtsberater. Deren Ermittlungen sind mit folgendem Ergebnis ab-
geschlossen worden:

Anmerkung:
Ausgerechnet den »Vater« der MAD-Aktion BO-40, General Czepanski, in
seiner Funktion als Kommandierender General der Luftflotte als Verantwortlichen für die Untersuchung zu billigen war denkbar instinktlos, die »Bock/
Gärtner-Konstellation« war erdrückend gegeben.

Bomberg-Schreiben
1. Für den Verdacht, dass Bronco aus unsachlichen Motiven zu fliegeri-
schen Einsätzen befohlen wurde, haben sich keinerlei Anhaltspunkte
ergeben.

Anmerkung
Fliegerische Einsatzbefehle sind immer sachlich motiviert. Was in Broncos
Fall unsachlich und menschenverachtend war, war das Motiv, ihn dienstlich
legal so stark zu belasten, dass er zu erschöpft sein würde, um seine Arbeit
für die Aktion Fliegerzulage fortsetzen zu können.

Bomberg-Schreiben
Bronco ist im Vergleich zu seinen Staffelkameraden nicht ungleich
mehr zum Flugdienst eingeteilt worden; weder die Anzahl noch die
Verteilung der Flugstunden sind zu beanstanden.

Anmerkung

Bronco hatte innerhalb der letzten 30 Tage vor seinem Tod 31:10 Flugstunden absolviert. Seine Staffelkameraden im gleichen Zeitraum 16:05 Flugstunden im Mittel. Bei <u>doppelt</u> so vielen von lediglich ungleich mehr zu schreiben, ist, bei allem gebotenen Respekt, mathematisch dumm und moralisch abartig perfide.

Bomberg-Schreiben

Im Übrigen war Bronco als engagierter Flugzeugführer selbst stets bemüht, möglichst viele Flugstunden zu absolvieren.

Anmerkung

– keine –

Bomberg-Schreiben

2. Anzeichen dafür, dass sich Broncos körperliche oder psychische Verfassung in der letzten Zeit vor dem Flugunfall verschlechtert haben könnte, gab es nicht. Die für den fliegerischen Einsatz verantwortlichen Vorgesetzten und der Fliegerarzt hatten keinen Anlass, an seiner Wehrfliegerverwendungsfähigkeit zu zweifeln. Sie sind auch nicht von Dritten auf eine mögliche Einschränkung seiner Wehrfliegerverwendungsfähigkeit hingewiesen worden.
3. Bronco ist zu keiner Zeit durch seine Vorgesetzten unmenschlicher Behandlung oder psychischem Druck ausgesetzt worden.

Anmerkung

General Czepanski war einer der Vorgesetzten von Bronco. Wer glaubt, Bronco – wie auch wir, Sunshine, Devil und ich – wäre psychisch nicht bedrückt gewesen durch das Wissen um unsere Ausspähung durch den MAD auf Geheiß des Generals Czepanski und zwar seit 1975, ist ein Tor. Und alle Dunkelmänner, die wussten, dass diese unselige MAD-Aktion BO-40 gegen uns lief, hatten allein schon durch dieses Wissen Anzeichen für psychischen Druck, der auf uns lastete, also auch auf Bronco. Die Frage, die hier gestellt werden muss, ist folgende: Wo haben die Herren Rechtsberater recherchiert?
Wer auf einem betonierten Parkplatz Pilze sucht, wird schwerlich welche finden. Daraus den Schluss zu ziehen, es gäbe überhaupt keine Pilze, ist allerdings hochgradig dumm.

Bomberg-Schreiben

4. Verlautbarungen von Freunden von Bronco, wonach gegen die-
sen in unmenschlicher Weise vorgegangen worden sei, beziehen
sich – nach deren Bekunden – auf außerdienstlich erlittene Enttäu-
schungen Broncos bei seinem Engagement in Sachen »Fliegerzulage«,
nicht aber etwa auf ein dienstliches Fehlverhalten seiner Vorgesetz-
ten ihm gegenüber.
Gez. Bomberg

Anmerkung
Unser wahres Bekunden ist und bleibt unser Rundschreiben 23. Hiervon ist
nichts, aber auch gar nichts zurückzunehmen.
Zur Vertiefung folgt ein Auszug einer Meldung, die ich – Maverick – am
30. März 1976, also zweieinhalb Monate vor Erscheinen des »Bomberg-
Schreibens«, meinem Kommandeur, Oberstleutnant Angelo, vorlegte.

Auszug:
[…] Am 26. 03. 76 habe ich Ihnen bereits gemeldet, dass ich die Petition,
die Bronco am 13. 02. 76 beim Petitionsausschuss des Deutschen Bundes-
tages vorgelegt hat, nach Art. 17 GG – unter Berücksichtigung des Art. 17a
GG – als Nachfolgepetent aufrechterhalten habe.
Die im Rundschreiben 23 getroffenen Feststellungen basieren überwiegend
auf Aussagen von Bronco.
Er empfand es z. B. als Missbrauch von Disziplinargewalt, per Befehl zur
öffentlichen Rücknahme eines Teiles des Rundschreibens 19 gezwungen
worden zu sein (Dokumente vorhanden).
Übermenschlichem Druck sah er sich z. B. ausgesetzt durch einschneidende
Befehle seiner Vorgesetzten, bis hin zum Kommandierenden General der
Luftflotte, im Zeitraum Dez. 75/Jan. 76.
Bronco empfand den Stil, wie gegen ihn vorgegangen wurde, als un-
menschlich. Z. B.: Beschwerde gegen Oberstleutnant Liederlich 75, Brief
General von Brunohs an General Czepanski, Bronco wird darin als Gefahr
bezeichnet.
Den Verdacht, er würde nur deshalb so oft zum Fliegen eingeteilt, damit er
keine Zeit fände, sich weiter um die Aktion kümmern zu können, hat Bronco
in den letzten Wochen immer wieder geäußert (Zeugen vorhanden).
Ende des Auszuges

Dieses Dokument und auch eine Fülle anderer Informationen haben den Führungsverantwortlichen seit über zwei Monaten zur Verfügung gestanden. Es muss daher die Frage erlaubt sein, wie es zu dem »Bomberg-Schreiben« mit d i e s e m Inhalt kommen konnte.

100 Tage, eine Bilanz

Es war regnerisch, 14 °C kühl, es ging eine steife Brise von Nord-West, eigentlich ein typisch nordfriesischer Sommertag.
Es war der 1. Juli, der 100. Tag nach Broncos Tod.
Wo standen wir, Devil, Sunshine und ich, mit Broncos, mit unserer Petition heute, wo waren wir willentlich hingegangen, was würde sich weiterbewegen um uns herum, nachdem wir es angestoßen hatten? Was war in Gang gesetzt worden, bis heute unaufhaltsam? Und welche Auswirkungen durch unsere »Aktion Fliegerzulage« ausgelöst, würden sich noch ergeben?
Drei Aspekte haben sich ergeben, die es nun zu betrachten, einzuordnen und zu bewerten gilt:

Die »MAD-Operation Bo-40«,
der Fortgang von Broncos Petitum
und Broncos Unfall.

Die »MAD-Operation BO-40« (1975–1977)

Unabdingbar war diese Operation mit einem Mann verkettet, General Czepanski:
Er hatte sie 1975 ausgelöst.
Staatssekretär Birkenstock hat sie 1977 beendet.
Das eigentlich Beklemmende an dieser ganzen Operation war ja, dass sie unrechtmäßig war. Einige obrigkeitshörige Mitglieder des MAD hatten sich einbinden lassen in gezielte Aktivitäten außerhalb gesetzlicher Legalität, um drei Stabsoffiziere fast zwei Jahre lang auszuspähen, weil diese angetreten waren, mit offenem Visier ein Grundrecht für sich in Anspruch zu nehmen.
Unter großen Anstrengungen wurde zunächst noch versucht, die Vorgänge um die Operation BO-40 im Bereich der Luftwaffe abzudecken. Als dies nicht mehr ging, mussten Konsequenzen gezogen werden.

Offiziell wurde General Czepanski wegen seines im politischen Bereich liegenden, ideologischen Rudel-Wehner-Vergleiches in der Öffentlichkeit in den vorzeitigen Ruhestand versetzt. Wesentliche Teile seiner Seilschaft, die mit dem Vergleich überhaupt nichts zu tun hatten, sehr wohl aber in vielfältiger Weise in die MAD-Geschichte mitverstrickt waren, wurden ebenfalls aus ihren Dienstbereichen abgezogen.

Selbst mit der raschen, vorzeitigen Versetzung General Czepanskis in den Ruhestand durch Minister Milz – wie verlautete, aus politischen Gründen – gelang es nicht, weitere Auswirkungen der »MAD-Operation BO-40« zu verhindern.

Die Lawine war losgetreten, hatte erste Opfer gefordert, war aber noch nicht im Tal.

Die Medien griffen die Gesamtproblematik – politischer Opportunität wegen – erst im Januar 1977 auf breiter Front auf.

Als danach dann die Aufräumungsarbeiten begannen, ergaben sich tiefgreifende und teils schwerwiegende Veränderungen.

Dem frischgebackenen General a. D. Czepanski fehlte – in seiner einfältigen Machtbesessenheit – jegliches Gespür dafür, was er angerichtet hatte, demutsvolles Schweigen eines zurecht Unterlegenen war ihm fremd. Er haderte – tumb polternd – medienöffentlich mit seinem Schicksal.

Und seine eindimensionierten Vasallen tönten gar – aus ihrem ebenfalls vorzeitigen Ruhestand heraus –, das, was auch immer es gewesen sein mochte (eigentlich hatten bisher alle ja gar nichts getan), würden sie immer wieder tun, Flachgesichter eben.

Es folgt eine kleine Auswahl von Medien-Kommentierungen zum Thema »MAD-Operation BO-401«.

Nordfriesland Tagblatt, 22. 01. 77

Neue Angriffe gegen Milz
MAD soll Piloten überwacht haben
Parlamentarischer Untersuchungsausschuss gefordert

tn. Bonn. Die Auseinandersetzungen über die angebliche Überwachung von Luftwaffenpiloten durch den Militärischen Abschirmdienst (MAD) weiten sich zu einer neuen Affäre aus. Die Forderung des parlamentarischen Geschäftsführers der CDU/CSU-Fraktion Ph. J. nach Einsetzung eines parlamentarischen Untersu-

chungsausschusses wurde auch von Milz unterstützt. Gleichzeitig erklärte der Minister, die Forderung nach Überwachung der Piloten sei zwar von dem inzwischen in den vorzeitigen Ruhestand versetzten Chef der Luftflotte, Generalleutnant Czepanski, erhoben, jedoch vom MAD unter Hinweis auf die gesetzlichen Bestimmungen verweigert worden.

Entgegen dieser Darstellung erklärte der CDU-Abgeordnete M., der Chef des MAD, Brigadegeneral P. S., habe die in der Presse wiedergegebene Auseinandersetzung zwischen dem Arbeitskreis fliegendes Personal der Luftwaffe und dem Verteidigungsminister über eine Anhebung der Zulagen zum Anlass genommen, die Beobachtung der Piloten anzuordnen. Am 8. September 1975 seien die Untergliederungen des MAD entsprechend angewiesen worden. Der Sprecher der Piloten, der im März 1976 ums Leben gekommene Bronco, habe gegenüber Kameraden die Gewissheit geäußert, dass er vom MAD überwacht werde. Nach seinem Tode sei seine Wohnung vom MAD untersucht worden. Erst ein Jahr später sei diese Ausforschungsaktion gestoppt worden.

Nach der Darstellung des Verteidigungsministeriums hat der Chef des MAD die Ausforschung der Piloten ausdrücklich untersagt, da es nicht zu den Aufgaben des Militärischen Abschirm-Dienstes gehöre, sich in sozialpolitische Auseinandersetzungen einzumischen. Der Sprecher des Ministeriums, A. H., betonte vor der Presse, er wolle keine weiteren Einzelheiten mitteilen, um nicht einem möglichen Untersuchungsausschuss vorzugreifen. Die Ermittlungen des Ministeriums hätten »belegbar« ergeben, dass Czepanski die Überwachung gefordert habe. Dabei habe der Chef der Luftflotte von einem Stabsoffizier des MAD gefordert, die Erkenntnisse aus dieser Observation gegenüber seinen Vorgesetzten und insbesondere den politischen des Verteidigungsministeriums geheimzuhalten.

Auf Fragen nach Belegen für Milz' Behauptungen lehnte der Sprecher eine Stellungnahme unter Hinweis auf einen möglichen Untersuchungsausschuss ab. Er versicherte jedoch, dass Milz unverzüglich Nachforschungen angeordnet habe, die zu dem von ihm vorgetragenen Ergebnis geführt hätten. Zu Vermutungen, dass die Überwachungsaktion möglicherweise nicht vom MAD-Chef S., sondern von einem seiner Untergebenen angeordnet worden sei, blieb H. ebenfalls eine Antwort schuldig. Zur politischen Bewertung der Affäre sagte der Sprecher: »Man will dem Minister an den Kragen.« Informierte Kreise in Bonn wiesen darauf hin, dass auch Czepanski über die Unterstellungsverhältnisse des MAD unter den Führungsstab der Streitkräfte informiert gewesen sei. Die von ihm angeblich erhobenen Forderungen seien deshalb völlig unrealistisch gewesen.

Tageskurier, 24. 01. 1977

Czepanski: Vorwürfe von Milz
»erlogen und Quatsch«

Hamburg (dpa) Der frühere Luftwaffengeneral Czepanski hat in Interviews in scharfen Worten den Vorwurf von Bundesverteidigungsminister Milz zurückgewiesen, dass er gegen Piloten die Einschaltung des Militärischen Abschirmdienstes (MAD) verlangt hätte. »Diese Verdächtigungen sind erstunken und erlogen«, erklärte Czepanski. Den weiteren Vorwurf Milz', gefordert zu haben, diese Ermittlungen der MAD-Führung zu verheimlichen, tat Czepanski als »Quatsch« ab.

Wr. Tagblatt, 25. 01. 1977

Sprecher des Verteidigungsministeriums:
Czepanski ließ bespitzeln

Bonn. (dpa) – Im Streit um die von der Opposition behauptete angebliche Bespitzelung von Fliegeroffizieren durch den Militärischen Abschirmdienst (MAD) bleiben die Hintergründe und Zusammenhänge dieser neuen Affäre im Bereich der Bundeswehr weiter unklar. Für die CDU/CSU-Bundestagsfraktion forderte der parlamentarische Geschäftsführer, J., Minister Milz auf, zu den Fakten »sachlich« Stellung zu nehmen und nicht Tatsachen zu vernebeln. Der Sprecher des Verteidigungsministeriums, H., blieb bei seiner Feststellung, es sei wahr, dass der entlassene Luftwaffengeneral Czepanski seinerzeit den MAD aufgefordert hat, eine Observation gegen Luftwaffenpiloten vorzunehmen. Czepanski hatte in Interviews diesen Vorwurf als »erstunken und erlogen« bezeichnet.

Das Land, 11. 02. 1977

Union sieht Vorwurf gegen
MAD-Chef bestätigt

M. S., Bonn. Die CDU/CSU-Bundestagsfraktion sieht ihren Vorwurf bestätigt, dass der Chef des Militärischen Abschirmdienstes (MAD), Brigadegeneral PA. S., ohne sicherheitsgefährdenden Anlass 1975 die Beobachtung von Jet-Piloten angeord-

net hat. Zu diesem Ergebnis kamen die verteidigungspolitischen Experten der Opposition, nachdem sie die in einem Wortprotokoll festgehaltenen Aussagen von S. auf Widersprüche hin überprüft hatten.

Abschrift der Tonaufzeichnung eines Teiles der Fernseh-Sendung »Report«, Südwestfunk vom 28. März 1977

Beginn der Abschrift

Seit einem Jahr besteht der Verdacht, dass der MAD, der Militärische Abschirmdienst, Piloten abhört, weil sie soziale Forderungen stellen. Das Problem hat auch den Verteidigungsausschuss des Deutschen Bundestages beschäftigt. Doch die Koalitionsmehrheit hat die entsprechenden Fragen der Opposition mit 14:13 niedergestimmt.

Thomas T. erzählt die Geschichte eines Piloten. Sie macht deutlich, dass die Frage, ob auch der MAD abgehört hat, bis heute nicht zufriedenstellend beantwortet ist.

Bericht: Alarm beim Aufklärungsgeschwader 52 in Leck, 02:00 Uhr nachts. Das Codewort ist durchgegeben. 2 000 Mann stürzen aus den Betten: Köche, Mechaniker, Piloten, Flugsicherung. Die Maschinen dröhnen an der Rollbahn. Doch umsonst. Oberstleutnant L., der stellvertretende Kommodore, wollte lediglich, total betrunken, vor ein paar Zivilisten seine Macht demonstrieren.

Die Kosten sind den Zuständigen sicher bekannt.

»Wie«, fragt sich der Bürger, »die Luftwaffe als Spielzeug einer Herrenreitermentalität?« Er fragt sich mit den Piloten: »Was macht ein Offizier vom Dienst, wenn ein besoffener Kommandeur das Codewort durchgibt?«

Im Folgenden ist von mehr zu reden, vom Tod Broncos, Pilot in diesem Aufklärungsgeschwader, Untergebener jenes Herrn L. Es geht um die Fliegerzulage der rund 1 000 Jet-Piloten der Luftwaffe, für die Bronco sich eingesetzt hat.

1958 – die Luftwaffe wird aufgebaut mit heute veralteten Maschinen, aber Düsenmaschinen, die erhebliche Anforderungen an die Piloten stellen. Deshalb gewährt der Gesetzgeber den Piloten eine Aufwands-Entschädigung, die, wie es ausdrücklich heißt, erforderlich ist zur Erhaltung der Leistungsfähigkeit.

Diese Zulage wird im Laufe der Jahre nicht erhöht wie bei anderen, sondern gekürzt. Doch davon später.

Zunächst: 1967 – das Jahr der Starfighterkrise. Da gab es eine Stellenzulage von 250,00 DM; die Piloten sagen, als Reaktion, nicht aus Fürsorge: denn sie wanderten damals zu Dutzenden ab. »Die Jungs gingen nur noch zu Beerdigungen.«

Diese Fliegerzulage zählen sie insofern nicht, als die inzwischen jeder bekommt, der irgendwie in die Luft geht.

Seit 1970 sind die Piloten unruhig, wie im Ministerium bekannt. Aber nichts geschieht. Da entschließen sich die Piloten zur Selbsthilfe, sie wollen den Bundestag angehen.

Damit beginnt Broncos Geschichte. Vier Piloten, unter ihnen Bronco, ergreifen die Initiative für die anderen. Die Kameraden stehen hinter ihnen. 99 % schicken je 10,00 DM zur Finanzierung der Aktion. Bronco, unverheiratet, stellt sich zur Verfügung; denn Soldaten dürfen laut Grundgesetz nicht in Gruppen Beschwerde einlegen, das heißt, es kann nur einer für alle – Bronco.

Der Kommandierende General Czepanski beruft Bronco 1975 zur Erarbeitung einer Studie für die Fliegerzulage ins Flottenkommando. Doch der General, der sich vor den Piloten für sie einsetzt, spielt ein doppeltes Spiel. In einem anderen Brief spricht er von einer sehr kleinen Aktivistengruppe, von jenen Überaktiven, die seinen Unmut erregen.

Auch bei den Bundestagsabgeordneten finden sie wenig Freunde, vielleicht deswegen: Die Piloten vergleichen ihre Aufwandsentschädigung mit der Aufwandsentschädigung der Bundestagsabgeordneten.

Das sieht so aus.

Dagegen die Piloten: sogar noch Kürzung 1963.

Zwar spricht General Bomberg, der oberste Flieger, nun auch von entstandenen sozialen Ungerechtigkeiten – aber es geschieht nichts. Nur Bronco, der Wortführer, wird zunehmend verunsichert, gerät ins Abseits, ein penibler, vielleicht zu penibler, auf die Sache bezogener Mann, der glaubt, durch sachliche Argumentation etwas erreichen zu können. Er wird unter Druck gesetzt. Dafür gibt es Beispiele: In einem Brief an das Luftflottenkommando beschwert sich Bronco. Und da taucht der Herr Oberstleutnant L. wieder auf, der ihm im Kasino im Beisein von Untergebenen ins Gesicht sagt: »Solange Sie bei der Bundeswehr sind, haben Sie dienstlich nichts gebracht, weder als Flugzeugführer noch als Fluglehrer oder Einsatzoffizier.«

Dies sagt Oberstleutnant L. einem Mann mit über 3 000 Stunden Flugerfahrung, der Maschinen brennend nach Hause brachte. Bronco war, was seine Vorgesetzten sicher verdross, genau, notierte alles, um sich abzusichern, schrieb mit, ließ Tonbänder laufen, um beweisen zu können, was wer gesagt hatte.

Bronco (Tonband): »Ich erwarte eigentlich […] und ich habe ja bisher immer Leistung erbracht […] Ich bin eigentlich im Verband der Mann, der die meisten Flugstunden hat […] und du weißt ja, was ich früher, als ich die Berechtigung gehabt hatte vom Fluglehrer bis Test […] eigentlich alles, und das wurde ganz systematisch abgebaut bis […] 08/15 alter Typ, nicht.«

Bericht: Es kommt zum Eklat, als Bronco im Rundschreiben 19 seine Fliegerka-
meraden über den Stand der Dinge informiert und den Sprecher der Luftwaffe
im Verteidigungsministerium Seh. angreift, der die Forderungen der Piloten als
überzogen bezeichnet. Es kommt zum Eklat, weil Bronco das Vertrauen in die
Führung in Zweifel zieht.

Bronco muss beim Kommandierenden General in Köln/Wahn antreten. Es kommt
zu lautstarken Auseinandersetzungen. Er soll sein Rundschreiben zurücknehmen.
Es wird ihm dunkel angedeutet, dass sonst ein truppendienstgerichtliches Ver-
fahren gegen ihn eingeleitet wird. Das hätte Rausschmiss aus der Bundeswehr
bedeuten können. Bronco nimmt zurück, wird aber weiter verunsichert.

Aktennotiz vom 23. 12. 1975: Nachdem er erst wochenlang nach Köln/Wahn
befohlen worden ist, um eine Studie für die Fliegerzulage zu erstellen, wird ihm
nun plötzlich verboten, Dienstzeit, Transportmittel, Personal oder Material zu
verwenden.

Mal so, mal so. Wir werden ihn schon kleinkriegen.

Unterschrift: jener trinkfeste Oberstleutnant L., der den Steuerzahler nun wirklich
schon einiges Geld gekostet hat.

Pilot Bronco aber hat nicht mehr lange zu leben.

Dass er sich sozial betätigt, findet prompt Niederschlag in einer Beurteilung, die
er als verheerend empfindet. Und – die miesen Schikanen nehmen zu. Dafür gibt
es Beispiele:

17. März 1976 – Pilot Bronco erhält eine schriftliche Zurechtweisung, weil er
angeblich die erforderliche Startfreigabe bei seinem Flug Nr. 4302 nicht abge-
wartet hat.

Ein Freund sagt zu ihm damals: »Da kannst du noch so gut sein. Autoritäre Sys-
teme dulden keine Abweichler. Wer nicht mitmacht, wird kaputt gemacht.«

Auf die Beschwerde von Bronco wird nach einer Überprüfung die Verstoßmel-
dung zurückgezogen.

Aber Bronco ist verunsichert. Er schlägt sich mit unbegründeten Verweisen her-
um, protestiert und beschwert sich, wehrt sich gegen Demütigungen. Er muss,
wie er sagt, die Nacht zum Tag machen. Er fühlt sich verfolgt, ist erledigt, aber
fliegt und fliegt.

Bronco (Tonband): »[…] Das war eben mein Konflikt gewesen. Ich wollte ein-
fach nicht, um nur und unbedingt recht zu haben, alles, was auf meiner Seite
ist, hinter einen Baum stellen; denn man ist zu schnell in Verruf eines Kohlhaas
gedrängt.«

Bericht: Die Maschine liegt noch im Schlamm. Die Staatsanwaltschaft ermittelte
wegen fahrlässiger Tötung. Wer sich mit der Materie befasst, der weiß, dass Jet-

Piloten so weit wie möglich freigehalten werden müssen von Beschwernissen au-
ßerhalb ihres Auftrages. Oder wusste das die Führung nicht? Oder wusste sie das
nicht nach unten weiterzuvermitteln? Hat denn niemand den Vertrauensschwund
sehen wollen? Warum konnte niemand ein klares Wort sprechen? Autorität wie-
der über alles? Und warum haben sich die Politiker davongemacht?
Und dann der zweite ungeklärte, aber wichtige Aspekt des Falles Bronco: Wie
selbstverständlich musste auch hier wieder im Fall einer sozialpolitischen Forde-
rung der Sicherheitsdienst eingeschaltet werden. Devil, Pilot bis April 1976:

Interview

Dr. Th. Tr.: »Sind Sie vom MAD bespitzelt worden?«
Devil: »Ich habe zumindest den begründeten Verdacht, dass wir bespitzelt wor-
den sind. Ein Bekannter aus dem fernmeldetechnischen Dienst, der bei mir das
Telefon benutzte, hat mir gesagt: ›Sie werden abgehört.‹ Das traf zusammen
mit einer Zeit im August/September 1975, in der ich dauernd Fehlanrufe bekam
und auch dauernd falsch wählte, mich verwählte. Experten sagen, das sei ein
Zeichen dafür.«
Dr. Th. Tr.: »Sagen Sie, haben Sie der Bundeswehr oder dem MAD irgendeinen
Anlass gegeben? Gibt es konspirative Unterlagen oder irgendetwas, was den
MAD dazu hätte berechtigen können, Sie und die anderen Kameraden zu be-
spitzeln?«
Devil: »Niemals! Unser Bemühen war, immer loyal zu sein. Wir waren von Anfang
an loyal, und die Gegenseite hat uns immer bestätigt, dass unsere Forderungen
sachlich seien, dass wir gesetzmäßig und rechtmäßig vorgegangen sind.«
Bericht: Das war immer das Anliegen der Piloten gewesen: »Es darf dabei niemals
die Sicherheit der Luftwaffe leiden.«
Und wie macht man das? Wie begründet man diese Beobachtungen?
MAD-General P.-A. S. sagte vor dem Verteidigungsausschuss, der sowjetische
Geheimdienst habe für eine deutsche Phantom-Maschine Millionen DM geboten.
Also: soziale Forderungen gleich Gefahr aus dem Osten. So einfach ist das. Des
Bundestages, wo es hieß, MAD-Gruppen wurden angewiesen, bei den fliegen-
den Verbänden die Einstellung der Betroffenen festzustellen und laufend zu
beobachten, wo es hieß, Operation einstellen. Doch welche? Es versteht sich
fast schon von selbst, dass vom Verteidigungsministerium über das Vorgehen
des MAD selbst nichts zu vernehmen ist. General Bomberg, der Inspekteur der
Luftwaffe, hat gerade jetzt wieder betont, dass der MAD auf seine Anweisung

nicht tätig gewesen sei. Aber zu fragen ist, ob in diesem Fall die Linke weiß, was die Rechte tut!

Minister Milz sagt, für die Anschuldigungen gebe es keine Beweise. Aber er will den Nachrichtendienst stärker an sich binden. Warum denn?

General P.-A. S., Chef des MAD, betont, es habe keine Überwachung gegeben. Er schlingert wortreich aus einer Erklärung in die nächste und geht jetzt im Herbst in den Ruhestand. Warum wohl?

Die Schlüsselfigur: General Czepanski, von dem Staatssekretär Fingerling in der geheimen Sitzung des Verteidigungsausschusses sagte, er habe versucht, den MAD zu einer Operation zu veranlassen unter Umgehung des Amtschefs P.-A. S. Das sei, so Czepanski in der Bild-Zeitung, erstunken und erlogen. Wer hat recht?

Erwiesen ist, dass der Chef Broncos, hier rechts (Fernseh-Bild), gleich nach dem Absturz die privaten Tagebücher filzte, kopierte, dem MAD gab. Über 100 Namen aus dem Buch wurden nachrichtendienstlich behandelt.

Schließlich die geheime Sitzung des Verteidigungsausschusses im 27. Stock. Operation, wenn es gar keine gab?

Das Verteidigungsministerium hat unsere Fragen nur zum Teil beantwortet, zu den wichtigsten, die den MAD betreffen, kein Kommentar. Es sei alles gesagt, was zu sagen ist.

Statement Dr. Th. Tr.: »Die Geschichte passt so richtig in die politische Landschaft der Gegenwart, dieses Verschweigen, dieses Verschleiern. Die Geheimdienste sind notwendig, aber sie neigen dazu, sich auszubreiten, sich einzunisten. Sie neigen dazu, Verdacht zu schöpfen, nach Beweisen zu suchen, oft, um recht zu behalten. Wie ein Krebsgeschwür breitet sich das Misstrauen aus. Ein Bundestagsabgeordneter behauptet, dass zwei Drittel der Mitglieder des Bundestages von allen möglichen Diensten abgehört werden. Der Wahlkampf ist ein halbes Jahr alt, da balgten sie sich um den Begriff der Freiheit. Wir haben staunend zugesehen. Die Parteien sollten achtgeben, dass wir nicht über Nacht eine ganz andere Republik haben, eine, die wir gar nicht wollen. Zu viele haben heute schon den Glauben verloren.«

Bericht: Und noch ein Wort zum Schluss: Der MAD hat eine Zulage bekommen, die Bundestagsabgeordneten haben zugelegt, die Piloten warten noch immer!

Moderation Dr. Fr. A.

Nach unserer Meinung muss zumindest die Opposition im Deutschen Bundestag darauf drängen, Antworten, zufriedenstellende Antworten auf diese angesprochenen Fragen zu erhalten.

Ende der Auswahl von Medien-Kommentierungen zum Thema »MAD-Operation BO-40«.

Der Fortgang von Broncos Petitum

Das Petitum, von uns weitergetragen, hatte seinen Platz gefunden, dort, wo es hingehörte, bei den entsprechenden Ausschüssen unseres Bundestages. Dort wurden unsere Anliegen mittlerweile ernsthaft bearbeitet. Wir konnten unsere weiteren Aktionen nun gezielter vorantreiben, Medienunterstützung dort zur Wirkung bringen, wo wir eine Chance sahen, Fortschritte zu erreichen.

Broncos Unfall

Der dritte Aspekt – dessen Darstellung ja das Hauptziel dieses Romanes war – ist Broncos Flugunfall.
Hier gilt es festzuhalten:
Bronco wurde durch sehr viele fliegerische Einsatzaufträge einer extrem hohen Dauerbelastung ausgesetzt. Er flog während der letzten 30 Kalendertage vor seinem Unfall über 31 Flugstunden. Der Durchschnitt der Flugzeit seiner Staffelkameraden für den gleichen Zeitraum lag – laut statistischer Erhebung – bei 16,4 Flugstunden.
Man hat Bronco dieser hohen Dauerbelastung – gemäß belegbaren Aussagen von Aufsteigern – ausgesetzt, um ihn »müde zu exerzieren« und ihm den Spielraum für sein Engagement in Sachen Petitum drastisch zu verringern.
Broncos Wissen um seine Ausspähung durch den MAD belastete ihn zusätzlich psychophysisch.
Viele kurzfristig vorhandenen Beweise sprachen dafür, dass Broncos Flugzeug in der Luft durch ein anderes Luftfahrzeug gerammt wurde, ohne dass Bronco dieser Situation hätte ausweichen können. Inwieweit Bronco sich an diesem Tag insgesamt anders verhalten hätte – etwa gar nicht erst geflogen wäre, wenn er in einer anderen psycho-physischen Verfassung gewesen wäre, kann nur rein spekulativ diskutiert werden.
Bronco hätte niemals mit Schleudersitzen ausgerüstete Kampfflugzeuge fliegen dürfen, da seine Halswirbel zu schwach waren, um den bei einem Ausschuss auftretenden Kräften standzuhalten (Teilergebnis der pathologischen Unfalluntersuchung).
Der Einsatz hätte nicht befohlen werden dürfen, da die vorherrschenden Wetterbedingungen im Zielgebiet eine erfolgreiche Durchführung des Auftrages ausschlossen. Dieser Punkt war wohl die Hauptursache für die gesamte Vertuschungsaktion.

Das Verhalten Highballs, des Flugzeugführers des zweiten an dem Zusammenstoß in der Luft beteiligten Flugzeuges, legt die Vermutung nahe, dass die Hauptursache des Zusammenstoßes wohl die viel zu geringe Sicht über dem Gebiet war, über dem sich beide Luftfahrzeuge zum Zeitpunkt X – 1 Min. befanden. Eine Aussage hierzu wurde nicht zur Verfügung gestellt.

Zum Zeitpunkt, als ich Kenntnis davon erhielt – Juni 1976 –, gab es zu Broncos Flugunfall zwei Flugunfalluntersuchungsberichte, einen offiziellen, der den Befugten Aufschluss geben sollte über den fiktiven Hergang eines Vogelschlagunfalles eines Luftfahrzeuges, und einen zweiten, der unter allerstrengstem Verschluss gehalten wurde und in dem die realen Fakten des Zusammenstoßes der beiden Luftfahrzeuge mit den Besatzungen Highball/Rainbow und Bronco/Neptun angesammelt waren. Dies legt den Schluss nahe, dass es einen Interessenkreis gab, der etwas verbergen wollte. Mit dieser Manipulation war der i-Punkt gesetzt. Die Bemühungen um eine möglichst umfassende Unterdrückung der Wahrheit waren erfolgreich.

Alles, was wir de facto erlebt, erfahren hatten, durch anfängliche Zeugen wussten, war de jure durch uns nicht mehr belegbar.

Macht als Gewalt über Ohnmächtige.

Macht; Machterhalt, Machtmissbrauch zum Machterhalt …

Was treibt Menschen eigentlich in die Macht? Es ist nicht das Gefühl vorheriger Ohnmacht, vielmehr scheint es die Scheu vor Verantwortung zu sein oder die Flucht aus der Verantwortung.

Wer etwas bewirken, positiv verändern, kreativ gestalten will, auch bereit ist, dabei fehlzugehen, für Fehler einzustehen, bedarf keiner Macht. Die Bereitschaft, Verantwortung zu übernehmen und zu tragen, sich in vorhandenem Unrechtsbewusstsein seiner Verantwortung bewusst zu sein und nach bestem Wissen und Gewissen Recht zu tun, genügt da völlig.

Was der in den Elfenbeinturm der Macht Drängende als unabdingbare Voraussetzung mitbringen muss, ist kein Unrechtsbewusstsein. Hier, beim Einstieg, werden Machtspreu und Verantwortungsweizen voneinander getrennt.

Dieser Elfenbeinturm der Macht ist vergleichbar mit einem Trockenturm der Feuerwehr, nur dass in diesem Turm keine Schläuche zum Trocknen hängen, sondern die Seilschaften der Mächtigen. In einer Atmosphäre klebriger Emsigkeit sind darin alle bemüht, sich nach einer unübersehbaren Fülle hausgemachter Regeln nach oben zu hangeln, nach eigenen Gesetzen, erdacht zu herrschen, mächtiger zu werden, mächtiger als alle anderen, singuläre, sich ständig reproduzierende Macht zu erlangen.

Macht ist eine endliche Größe und kämpft man um sie, muss man sie ganz persönlich einem anderen wegnehmen. Und alles, wirklich alles, was erst einmal Mächtige dann tun, dient ausschließlich dem Erhalt ihrer Macht.

Nun stehen Mächtige ja nicht mittellos da. Oben angekommen, erlangt man Einfluss, Einfluss, den man dann – wohldosiert – jeweils dorthin fließen lassen kann, wo er wiederum dem Erhalt der eigenen Macht dient, wie General Bomberg ja in so meisterlicher Art unter Beweis gestellt hat.

Exemplarisch:

Highball wurde wunschgemäß zu einer NATO-Dienststelle im süddeutschen Raum versetzt.

Rainbow wurde – trotz widriger Umstände – zum Major befördert. Sein Dienstverhältnis wurde – wunschgemäß – von BO-40 geändert, er wurde zum Berufsoffizier ernannt.

Cowboy wurde sehr zeitig zum Major befördert und in seinen Wunschstandort Garmisch-Partenkirchen versetzt, wo er nach seiner bevorstehenden Versetzung in den Ruhestand – saisonbedingt – eine Ski-Schule bzw. eine Surf-Schule eröffnen wollte.

Mustang wurde Berufsoffizier und er wurde – als Pilot – zur Transportfliegerei versetzt, ein absolutes Novum!

Neptun wurde – als Seiteneinsteiger – in einen anderen Verwendungsbereich versetzt, mit der Aussicht auf Aufstieg und Beförderung.

Broncos Bruder wurde als extrem junger Stabsoffizier aus dem Stand zum Oberstleutnant befördert und in den diplomatischen Dienst übernommen.

Während der Monate vom Tage des Unfalles bis zu dem Tag, an dem – wie Karl-Heinz es einmal so schön formuliert hatte – die Sonne wieder über einer »heilen« Luftwaffenwelt aufging, erfüllte die Luftflotte mit ihren Luftangriffs- und Luftverteidigungskräften im täglichen Einsatzbetrieb ihren nationalen und NATO-Auftrag hervorragend, all die politischen und militärischen Ränkespiele um Broncos Unfall, den Fortgang unseres Petitums und die MAD-Operation BO-40, auch der Austausch austauschbarer Generalität und Aufsteiger hatten keinen Einfluss darauf. Das kollektive Verhalten im System war emergent, die homogene Gesamtleistung ging über die normale Kapazität der einzelnen Komponenten weit hinaus und deckte problemlos ab, was an Führungsleistung normalerweise zur Verfügung gewesen wäre, jedoch nicht vorhanden war. Die Führungsstruktur hatte lediglich noch Symbolcharakter, wie etwa eine gehisste Flagge vor einem Ministerium.

Alles war bis zu diesem Punkt offenbar gut gegangen, die Erwartungen für treues Andienen wurden erfüllt, die herbeigesehnte Ruhe begann wieder einzukehren.

In der politischen Leitung unseres Ministeriums und den befassten Teilen der militärischen Führung der Luftwaffe hatte man das Leben und Sterben Broncos längst ad acta gelegt. Neue große Herausforderungen standen an, machten es den berechnenden, gefühlsarmen Führern leicht, Broncos Vermächtnis abzudeckeln, letztlich gut gelaufen!

Der ungesetzliche De-facto-Bestand der MAD-Operation BO-40 war ja mit 14:13 Stimmen im Untersuchungsausschuss des Bundestages für unwahr erklärt worden, es habe ihn so nicht gegeben.

Die Wirklichkeit zu offenbaren und die Konsequenzen zu tragen »hätte Bronco ja auch nicht wieder lebendig gemacht«, wie Staatssekretär Fingerling Broncos Bruder so eindringlich versichert hatte; Einigkeit!

Und Recht?

Und Freiheit?

Manchmal kam ich mir vor wie in einem anderen Leben, voller Ungläubigkeit, wollte ausbrechen, aber woraus und wohin?

Ich war eingebunden in meine Welt, Herz und Verstand hatten zu akzeptieren, was mir widerfuhr und was ich ihnen abverlangte.

Was blieb mir und uns zu tun?

Zunächst mussten wir Broncos, unsere Petition zu einem erfolgreichen Abschluss bringen. Unsere Chancen waren gut, wie mir der Vorsitzende des Verteidigungsausschusses letzte Woche versicherte, als er mir eine mündliche Erläuterung zu dem Minderheitsvotum der Opposition zum Abschlussbericht des MAD-Untersuchungsausschusses des Deutschen Bundestages gab.

Letzte Nacht, als ich einmal mehr wach lag, hatte ich mir fest vorgenommen, zu meiner Pensionierung in zwei Jahren ein Buch zu schreiben und herauszugeben, über unsere Aktion Fliegerzulage, unter dem Titel »Die Petition«. Umgehend würde ich mich ans Werk machen. Ich empfand Freude und Genugtuung bei dem Gedanken, Broncos und unsere Ideen und ihre Umsetzung zu dokumentieren, festzuschreiben, wie es wirklich war, und vielleicht eine Basis legen zu können für mutige junge Offiziere, die gewillt sein würden und fähig, sie betreffende Probleme anzupacken und für deren Lösung zu kämpfen, in unserem Geist und mit unseren Mitteln.

Genauso, wie sich die Menschen in anderen gesellschaftlichen Bereichen stetig fortentwickelten und unsere Demokratie in erlaubten Grenzen umformten, genauso würden sich die Verhaltensmuster innerhalb der Streitkräfte verändern. Die mündigen Bürger in Uniform würden die Grundsätze der inneren Führung einfach leben, sich mehr und mehr befreien von dem alten Korsett gestriger Schablonen, ob es bestimmten Machthabern nun gefiel oder nicht. Die Zeit wohlfeilen Machtmissbrauchs und des blinden Gehorsams waren endgültig vorüber.

Weit draußen über der Nordsee zieht eine Phantom im Überschallflug eine weite Schleife. Die Schockwelle mit dem abschließenden Knall von der Wucht eines feuernden Schiffsgeschützes lässt die ruhige Morgenluft erzittern.
Als die Welle über die Sandbänke zieht, flüchten einige Seehunde erschreckt ins schützende Nass.
Bis die Schockwelle über die ersten Häuser rollt, ist ihr Donner zu einem leisen Rumpeln verebbt, eher ein Anstoß zu einem flüchtigen Gedanken …
Hochstilisierter Held …
Jet-Rocker …
Freiheitsproduzent …
Verteidigungsbeamter …
Sohn, Mann, Vater …
Flieger …
Einer von uns!